Coleção Karl May

1. Entre Apaches e Comanches
2. A Vingança de Winnetou
3. Um Plano Diabólico
4. O Castelo Asteca
5. Através do Oeste
6. A Última Batalha
7. A Cabeça do Diabo
8. A Morte do Herói
9. Os Filhos do Assassino
10. A Casa da Morte

OS FILHOS
DO ASSASSINO

COLEÇÃO KARL MAY

VOL. 9

Tradução
Carolina Andrade

VILLA RICA EDITORAS REUNIDAS LTDA
Belo Horizonte
Rua São Geraldo, 53 - Floresta - Cep. 30150-070 - Tel.: (31) 212-4600
Fax.: (31) 224-5151
Rio de Janeiro
Rua Benjamin Constant, 118 - Glória - Cep. 20241-150 - Tel.: 252-8327

KARL MAY

OS FILHOS
DO ASSASSINO

VILLA RICA
Belo Horizonte - Rio de Janeiro

2000

Direitos de Propriedade Literária adquiridos pela
VILLA RICA EDITORAS REUNIDAS LTDA
Belo Horizonte - Rio de Janeiro

Impresso no Brasil
Printed in Brazil

ÍNDICE

Cartas-Convite	9
Uma Propensão Hereditária	22
Uma Proposta Enganosa	29
Dois Índios Europeizados	41
O Desejo Aguçado	50
Escultores e Pintores	62
No Local da Reunião	85
Uma Maravilha da Natureza	93
As Ondas Sonoras	100
Uma Reunião de Peles-Vermelhas	108
Vozes do Grande Espírito	116
Em Mugworth	121
Tavutsi-Payah	128
Uma Mensagem ao Defunto	135
O Bosque de Nugget-Tsil	146
Encontro com o Comitê	153

CARTAS-CONVITE

Capítulo Primeiro

Era o começo de um lindo dia de primavera, morno e promissor. Um delicioso raio de sol entrava pela janela, como se fosse uma saudação de Deus.

Minha esposa subiu ao meu escritório, com o correio que acabava de chegar. Sentou-se à minha frente, como de costume, e começou a abrir os envelopes para ler-me a correspondência.

O segundo andar da casa era reservado para mim, enquanto minha esposa reinava no andar de baixo. Ali recebe as visitas cada vez mais numerosas dos meus leitores, e responde à enormidade de cartas que eu não posso responder. Clara, este é seu nome, lê todas as cartas que recebo, separando as mais importantes para dedicar-lhes maior atenção.

Assim passou-se aquele dia.

Depois de ler toda a correspondência, ficaram separadas algumas cartas da América, junto a uma revista "Antropologia da Austrália". Nesta última, lia-se o título de um longo artigo, que dizia assim: "A desaparição da raça índia na América e sua substituição violenta pela caucasiana e amarela."

Disse a Clara que me lesse o artigo porque, fato inaudito, aquele dia eu tinha um pouco mais de tempo disponível. O autor, um conhecido e eminente professor universitário, escrevia sobre este tema: e tudo o que dizia sobre os peles-vermelhas estava inspirado, não só na bondade, mas também na justiça. Confesso que gostaria de ter apertado sua mão. Mas freqüentemente ele cometia erros, tão comuns como incompreensíveis em um homem como ele.

Um de seus erros era apresentar como iguais a todos os índios dos Estados Unidos e os de todas as tribos repartidas pela América do Norte e do Sul. Além disso, confundia o sonho espiritual da raça com sua morte corporal. Finalmente, segundo ele, havia que buscar a missão essencial da humanidade na evolução das peculiaridades e caráteres individuais dos povos, e não no princípio de que todas as tribos, os povos, as nações e as raças, têm que unir-se e compenetrar-se para formar um único e nobre núcleo humano, que seja muito superior ao mundo animal.

Só quando a humanidade, por sua própria evolução, tiver chegado a constituir esta personalidade harmônica, poderá se dar por encerrada a criação do "homem", e aos mortais irá se abrir de novo o tão sonhado paraíso.

A carta da América vinha do "distante Oeste", mas, donde, era impossível decifrar-se pelo envelope, coberto por tantos selos e indicações manuscritas, que não havia modo de ler nada mais que a indicação. Consistia em três palavras apenas, que diziam assim:

MAY
Radebeul (Alemanha)

Abrimos o envelope e de dentro tiramos um pedaço de papel, que dizia:

"A Mão-de-Ferro,
"Quer vir à Montanha Winnetou? Eu vou estar lá. Talvez venha também Avaht-Niah, aquele

que tem cento e vinte anos. Vê como sei escrever? E como escrevo na língua dos caras-pálidas?

Wagare-Tey
Chefe dos shoshones."

Ao terminarmos a leitura, eu e minha esposa nos olhamos surpresos. O que nos assombrava não era receber uma carta do Oeste, pois isto ocorria com freqüência por conta de minhas muitas aventuras e viagens por aquele lugar, mas sim que aquela carta fosse escrita pelo chefe dos índios cobra, que nunca me havia escrito.

Seu nome, Wagare-Tey, quer dizer Cervo Amarelo. Seu pai, Avaht-Niah, contava com mais de oitenta anos, e era de uma honradez a toda prova. Sempre empregou em nosso favor a grande influência que tinha. Por sua avançada idade e por não ter tido mais notícias suas, achava que estava morto. Aquela carta vinha dar-me conta de sua boa saúde, pois se não fosse assim, dificilmente Wagare-Tey, seu filho, diria que o supremo chefe dos shoshones iria encontrar-se com ele na Montanha Winnetou.

Eu não tinha a menor idéia de onde ficava aquela montanha. Sabia apenas que os apaches queriam colocar-se de acordo com as tribos amigas para dar o nome de seu estimado chefe Winnetou a uma montanha que se distinguisse por sua posição, suas condições especiais e sua importância: mas não tinha notícias de que tivessem já concretizado este propósito.

A única coisa que imaginava é que a Montanha Winnetou não estaria fora da comarca do povo apache. Como os índios cobra têm seus acampamentos e suas pradarias há muitas jornadas dos apaches, era certamente um caso extraordinário que um homem de mais de cento e vinte anos empreendesse uma viagem semelhante, impulsionado não pela necessidade, mas pelo desejo de seu coração, ainda jovem.

Por que iria querer ir com o filho tão ao Sul?

Eu não sabia. A única coisa que podia fazer era esperar notícias acerca daqueles assuntos.

Quanto a responder a carta, era praticamente impossível. Os carteiros de Nova Iorque, Washington, Filadélfia ou Boston teriam rido muito, se recebessem uma carta vinda da Alemanha, dirigida a um pele-vermelha perdido nas terras distantes do bravo e remoto Oeste...

Descartada esta possibilidade, pensei que em todo caso não devia ser um motivo sem importância o que os incitava a visitar o distante território da tribo apache.

E se o motivo não era pessoal, mas por uma ordem mais elevada, como meu endereço era conhecido nos Estados Unidos e eu mantinha correspondência com muitas pessoas que viviam ali, pensei que mais cedo ou mais tarde ficaria sabendo mais sobre aquele assunto que estava me intrigando.

E não era em vão, pois o grande chefe dos apaches, Winnetou, havia sido como um irmão para mim até na hora de sua morte, de forma que tudo o que se relacionasse com ele me interessava.

E então eu esperei.

Capítulo II

Haviam-se passado apenas duas semanas quando recebi uma segunda carta, também de quem eu menos poderia esperar. Dizia assim:

"Venha à Montanha Winnetou para a grande e derradeira luta. Ali terei por fim seu escalpo, que me deve há gerações. Isto manda que te escreva.

To-Kei-Chun
Chefe dos comanches racurros."

Mas a coisa começou a preocupar-me porque, uma semana depois, recebi uma nova carta, com o mesmo endereço e cujo conteúdo era o seguinte:

"Se você tem valor, venha à Montanha Winnetou. A única bala que conservo lhe espera com impaciência.

Tangua
Antigo chefe dos kiowas."

E mais abaixo acrescentava, estranhamente:

"Escrito por Pida, seu filho, chefe atual dos kiowas, cuja alma saúda a sua."

Estas duas cartas eram para mim sumamente interessantes. Parecia que as duas haviam sido ditadas por ambos os chefes no mesmo lugar e com a mesma idéia. Os dois me odiavam ainda implacavelmente, como em outros tempos.

Muito mais importante que tudo aquilo era o fato de que também os inimigos dos apaches se dirigissem à Montanha Winnetou. Em uma das cartas falava-se de uma "derradeira grande luta", o que fez com que eu me preocupasse seriamente. Quinze dias depois, recebi uma carta de Oklahoma, a que tive que dar pleno crédito, e que dizia assim:

"Meu querido irmão branco:
Manitu, o Grande e Bom Espírito, ordena a meu coração que lhe diga que foi convocada, na Montanha Winnetou, uma aliança dos chefes anciãos e uma outra aliança dos chefes jovens, com o objetivo de julgar aos caras-pálidas e decidir o futuro dos homens vermelhos. Deve ir. Minha alma se alegra ao pensar na sua alma. Até breve, amigo

>Schahko Matto
>*Chefe dos osagas.*"

Schahko Matto incluía em sua carta seu "totem" de couro, como fazia sempre que tratava de um assunto importante. Já não podia pensar em algum engano. O assunto era, realmente, de suma importância. E o pensamento de viajar até a América infiltrou-se em minha mente novamente.

Mas antes de tudo, era preciso conhecer com mais detalhes o assunto. E dentro em poucos dias eu recebia uma carta redigida em estilo oficial.

Dizia assim:

>"Prezado Senhor:
>"Na Assembléia dos chefes celebrada no último ano, decidiu-se por unanimidade dar o nome de Winnetou, o mais famoso chefe de todas as nações indígenas, ao monte das Montanhas Rochosas, que reunisse as melhores condições para tal. A designação recaiu na montanha, que elegeu para seu retiro o misterioso homem das medicinas Tatellah-Satah (Cem Anos). Ao pé da dita montanha, e em diversos pontos da mesma, serão celebrados nos meados de setembro deste ano, as seguintes assembléias:

1. Assembléia de acampamento dos chefes anciãos.
2. Assembléia de acampamento dos chefes jovens.
3. Assembléia de acampamento das esposas dos chefes.
4. Assembléia de acampamento de todos os demais homens e mulheres vermelhos famosos por algum motivo.
5. A sessão final, sob a presidência do Comitê abaixo firmado.

Estamos comunicando para que se desejar assistir às assembléias, comunique-se com o presidente ou vice-presidente do comitê. Também o prevenimos que as ditas assembléias, assim como os preparativos para as mesmas, devem ser um segredo para os homens das demais raças. Confiamos em sua discrição e isso nos tranqüiliza. O secretário irá entregar-lhe pessoalmente o cartão numerado para os lugares da reunião, quando se apresentar. Todos os discursos da reunião serão em inglês, para melhor compreensão dos participantes.

Com toda a consideração: o Comitê.
Assinado:

Simón Bell (Chi-Lo-Let)
Professor de Filosofia, presidente.

Eduardo Summer (Ti-Iskama)
Professor de Filologia clássica, vice-presidente.

Guilherme Evening (Pe-Widah)
Secretário

Anthony Paper (Okih-Chin-Cha)
Tesoureiro

Mão-Certeira
Diretor."

Ao final do documento, ia a seguinte nota do último dos assinantes:

"Espero que venha. Em todo caso, considere minha casa como sua, ainda que eu não esteja nela. Com o meu cargo de diretor, ando sempre ocupado, infelizmente. Mas irá ter uma alegre surpresa. Ficará encantado ao ver o que fazem os nossos rapazes.
Seu velho e fiel amigo,

Mão-Certeira."

Outra carta chegou então:

"Meu irmão:
Sei que foi convidado. Não deixe de vir. Alegra-me extraordinariamente a idéia de voltar a vê-lo. Os meninos irão escrever.
Seu amigo,

Apanachka
Chefe dos comanches kanes."

Os meninos escreveram realmente:

"Respeitado senhor professor:
Quando você, em outros tempos, nos indicou qual era o caminho para se chegar à verdadeira arte, prometemos não publicar nossas obras até que nos encontrássemos em situação de poder demonstrar, mediante nosso trabalho, que a raça vermelha não é, de modo algum, inferior em dotes naturais a nenhuma outra, inclusive na esfera da arte. Estamos dispostos agora a levar a cabo a prova exigida pelo se-

nhor, que nos prometeu, quando chegasse o tempo, de examinar nossas obras. Acreditamos que este exame nos será favorável e esperamos o senhor em meados de setembro na Montanha Winnetou, para dar-lhe as boas-vindas. Sabemos que o senhor foi convidado para tomar parte nas secretas e importantíssimas deliberações que vão celebrar-se, e temos a firme convicção de que não nos faltará.
Com a maior consideração,
Jovem Mão-Certeira e Jovem Apanachka"

Esta carta trouxe-me muita alegria. Há muito tempo, em minhas aventuras pelo Oeste, conheci Mão-Certeira. E também Apanachka. Ambos eram irmãos, que foram raptados quando crianças. Sua mãe, uma índia belíssima e muito piedosa, durante anos percorreu o país, tentando recuperá-los, indo desde as pradarias selvagens do Oeste até as cidades do Leste, disfarçada como o nome de Kolma Puchi, como se fosse homem. Um dia, Winnetou e eu encontramos seus filhos.

Mão-Certeira havia se convertido em um famoso caçador e o outro no chefe dos comanches, não menos célebre. Eram jovens valorosos e durante muitos anos mantiveram comigo uma relação de grande amizade, apesar da distância. Os dois casaram-se com duas irmãs da mesma tribo de Winnetou, e cada um deles teve um filho que demonstrou haver herdado todos os dotes de inteligência dos pais e avós. Estas crianças foram enviadas para estudar no "mundo civilizado". Mão-Certeira formou-se em arquitetura e escultura, e o jovem Apanachka formou-se em pintura e também em escultura.

Mais tarde soube que foram enviados a Paris para completarem seus estudos, viajando pela Itália e Egito, onde estudaram a arte colossal da época dos faraós.

Ao regressarem de sua viagem e antes de voltar ao seu querido Oeste, passaram pela Europa, indo até a Alemanha exclusivamente para saudar-me.

Essa carinhosa carta destes jovens foi a que trouxe mais alegria para mim e para minha esposa.

Capítulo III

No entanto, não posso dizer, em honra da verdade, que as outras tantas cartas recebidas, me trouxeram tranqüilidade. Sem querer, obrigavam-me a refletir e questionar muitas coisas.

Por que não me diziam, franca e honradamente, do que iriam tratar? Para que todas aquelas reuniões e assembléias de acampamento? As idéias elevadas e frutíferas se concebem na sagrada e tranqüila solidão, não em meio de longos discursos, cujo êxito nunca pode ser de grande duração.

Os nomes dos professores, índios de nascimento, eram-me conhecidos. Os dois eram famosos: mas o tom que se dirigiam a mim não me agradava. O secretário e o tesoureiro não me eram totalmente desconhecidos. E por que Mão-Certeira era o diretor? Para que um diretor "especial"? Mão-Certeira havia sido um homem do Oeste de primeira linha, mas infelizmente eu não sabia se ele estaria em condições de fazer frente à astúcia de um negociante americano experiente em acordos financeiros.

Tudo isto me preocupava, e sobre isto conversei com minha esposa. Ela também recebeu uma carta, que dizia assim:

"Querida irmã branca:
Por fim poderei vê-la; ansiava por este momento há muito tempo. Como sabe, seu adorado marido deverá vir à Montanha Winnetou para deliberar conosco sobre coisas verdadei-

ramente importantes. Sei que ele não viajará sem sua companhia.

Rogo-lhe que diga a ele que estou preparando-lhes nossa melhor tenda e que espero sua chegada como se esperasse um amável e ardente raio de sol. Venha, pois, e alegre com sua presença nossa reunião.

O grande e justo Manitu lhe proteja, querida irmã,

Kolma Puchi."

Clara mantinha há muito tempo correspondência com Kolma Puchi. Mas aquela carta, tão carinhosa, não deixou de influenciar em nossa decisão, além do que, se eu voltasse à América, era natural que minha esposa me acompanhasse.

Por último recebi outra carta, envolvida no grande "totem" do índio que a havia ditado: este "totem" era de couro de antílope, fino como um papel e que, por um processo só conhecido pelos índios, tinha a brancura da neve e o brilho da porcelana. Os caracteres ali desenhados eram vermelhos e verdes, coloridos por pigmentos que só os índios conheciam. A carta dizia assim:

"Meu irmão branco:
Perguntei a Deus por onde você anda. Preocupa-me não saber nada de você. Agora sei que está vivo. A resposta veio pela notícia de que recebeu o convite para tomar parte nas deliberações de setembro que irão ser celebradas aqui, em minha montanha, cuja paz e solidão serão destruídas para sempre. Se nos aprecia, peço que aceite o convite. Apresse-se em vir de onde quer que esteja, e ajude a salvar seu Winnetou.

Sei que, independente dele, você escutará minhas súplicas e virá sem pensar em mais nada. Ninguém sabe que eu o estou chamando. Antes de apresentar-se aqui, dirija-se ao Nugget-Tsil. Das cinco grandes montanhas azuladas, a do centro irá falar-lhe e dizer-lhe tudo o que não posso confiar a este papel. Seja para você sua voz como a de Manitu, o Grande Espírito, eterno e misericordioso. Peço-lhe novamente: venha e salve seu Winnetou, a quem querem agora sufocar e assassinar.
Tatellah-Satah."

Esta carta era a mais importante, e a que me trouxe mais reflexões...

Uma Propensão Hereditária

Capítulo Primeiro

O Nugget-Tsil a que se referia a última carta, e cujo nome significa monte de pepitas de ouro, era o lugar onde foram assassinados o pai e a irmã de meu caro amigo Winnetou, por um bandido chamado Santer, como já contei em minhas aventuras passadas.

Posteriormente, pouco antes da morte de Winnetou, que ocorreu na montanha Hancock, meu amigo em suas últimas palavras, me disse que havia enterrado seu testamento em Nugget-Tsil, aos pés de seu pai e irmã, que ali estavam sepultados. Disse-me que ali eu encontraria muito ouro, e quando subi até Nugget-Tsil para buscar o testamento, fui surpreendido por Santer e feito prisioneiro por um grupo de índios kiowas que o acompanhavam.

Santer conseguiu roubar o testamento de Winnetou e fugiu para buscar o ouro. Quando consegui escapar do acampamento dos kiowas, lancei-me em perseguição a este bandido, para chegar ao lugar indicado, no momento exato em que o canalha havia encontrado o tesouro.

O esconderijo era sobre uma rocha elevada, nas margens de um lago que os índios chamam de Água Escura. Quando Santer me viu, disparou contra mim e tudo o que ali ocorreu pode-se ler no volume intitulado A Morte do Herói.

No que diz respeito a Tatellah-Satah, o chamado Guardião da Grande Medicina, confesso que sempre tive desejo de ver e falar com o mais misterioso de todos os peles-vermelhas da América, mas nunca tive a ocasião de fazê-lo.

Este estranho homem tinha uma idade difícil de ser definida. Não se sabia o lugar de seu nascimento nem se pertencia a alguma tribo em especial. Tinha amplos conhecimentos da medicina, e entre os índios não era um simples curandeiro, um mágico ou um hábil prestidigitador.

A palavra "medicina" tem para os índios um significado que em nada corresponde ao que tem entre nós.

Quando os índios conheceram os brancos, viram neles muitas coisas que os impressionaram vivamente. Mas o que mais os assombrou foi o efeito de nossos medicamentos. Os resultados seguros e duradouros destes medicamentos eram incompreensíveis para eles. Sua cultura primitiva deu aos conhecimentos científicos um título deificado, mítico talvez.

Ao escutarem a palavra "medicina", nela infundiram os conceitos de "milagre", de "benção", de "dom divino" e de "segredo sagrado", inacessível aos homens comuns.

Em resumo: a palavra "medicina" era para eles sinônimo de "mistério". Por isso ela incorporou-se logo a todas as suas línguas e dialetos e designou deste modo, e com este nome, tudo o que se relacionava com sua religião, suas crenças e seus estudos do eterno e imutável. Eram tão infantis e tão inocentes, que chegaram a considerar como extraordinárias e até sagradas, muitas coisas que para os homens brancos eram correntes e até mesmo insignificantes. Mas os índios apropriam-se destas coisas e costumes, sem pensar em pô-los à prova, ou refletir sobre suas conseqüências.

De qualquer forma, Tatellah-Satah era considerado o "homem da medicina" por todas as tribos índias. Morava no alto de uma montanha há muito e muito tempo, só permitindo que se aproximassem os grandes chefes e caciques. Era preciso que se tratasse de assunto da maior importância para obter autorização para aproximar-se dele.

Só Winnetou, enquanto vivia, podia chegar até ele sempre que quisesse. Todos os desejos do meu bom amigo foram aceitos pelo velho Tatellah-Satah, menos a vontade que ele tinha de apresentar-me este respeitado ancião.

Tatellah-Satah sempre negou-se a me conhecer, mas agora, estava me escrevendo e me convidando a regressar à América.

Capítulo II

Devo esclarecer algo: o porquê do fato de Tatellah-Satah ter-se sempre negado a me conhecer.

Naqueles tempos, o homem misterioso que merecia todo o meu respeito, não foi meu amigo, mas também jamais declarou-se meu inimigo. Na realidade, o sábio Tatellah-Satah não era inimigo de nenhum ser humano.

Mas com sua constante negativa em conhecer-me, era pior que se fosse meu inimigo, pois para ele, era como se eu não existisse, não fazendo o menor caso da minha pessoa.

Por que esta atitude em relação a mim? Eu acho que sei o motivo. Desde o dia em que o pai e a irmã de Winnetou foram mortos, ele me considerou de certa forma como seus assassinos.

A moça índia chamava-se Nsho-Chi, fazendo honra a seu nome, que em apache significa "dia bonito". Quando morreu, vilmente assassinada, desvaneceu-se com ela uma linda ilusão dos apaches, especialmente do ancião Tatellah-Satah.

Para ele, Nsho-Chi havia sido a mais bela e a melhor de todas as filhas dos apaches, e ele tinha a convicção de que se eu, ao invés de rejeitá-la, a tivesse aceito, ela não teria morrido. Para agradar-me, e fazer-se digna de uma esposa de um homem branco, Nsho-Chi tinha querido ir para o Leste, para estudar. Mas mesmo admitindo esta hipótese, eu me sentia inocente da morte de minha doce e abnegada amiga.

Jamais ocorreu a Winnetou reprovar-me ou culpar-me, mas Tatellah-Satah não era desta opinião e me apagou, para sempre, do livro de sua vida.

No entanto, sua carta convidando-me a voltar à América, depois de tantos anos, forçosamente devia obedecer a motivos muito sérios e importantes.

Esta carta, mais do que todas as outras, foi a que me fez decidir apresentar-me na montanha Nugget-Tsil na data indicada.

— Poderei ir com você? — perguntou minha esposa, ao saber de minha decisão.

— Claro que sim, querida. Aonde eu for, você irá comigo!

Ela abraçou-me carinhosamente, sem perceber que uma viagem desta espécie podia significar não poucos aborrecimentos e perigos. Por um momento pensei que talvez fosse melhor ela permanecer, mas não se falou mais no assunto, e começamos os preparativos para a grande viagem.

* * *

A companhia de minha esposa era o mais importante para mim, mas também me seria de grande utilidade.

Ela não só dominava o inglês, além de falar comigo em alemão, mas também por ajudar-me em meus trabalhos e meus livros, conhecia uma grande quantidade de palavras e modismos indígenas.

No que diz respeito a montar a cavalo, nossa recente e longa permanência em alguns países do Oriente havia sido para ela uma boa escola.

Nos preparativos da viagem, foi minha querida esposa quem demonstrou grande capacidade de organização.

Aqueles que me conhecem sabem que para mim não existe a palavra azar. Eu atribuo tudo o que acontece a uma vontade que está acima de todos os seres humanos, e estou convencido de que naquela ocasião esta vontade, destino ou como quiser chamá-la, manifestou-se de forma decisiva.

E a mão do destino mostrou-se ainda mais clara e patente antes de começarmos nossa viagem, quando recebemos a inesperada visita de um amigo que temos em Dresden, famoso médico psiquiatra. Ele nos disse, assombrado, quando ficou sabendo que eu e Clara estávamos de partida para a América:

— Vão procurar pepitas de ouro?

— Que? — repliquei. — Donde tirou esta idéia de procurar pepitas de ouro?

— Porque hoje mesmo eu vi uma, do tamanho de um ovo de pomba.

Vivamente interessada, Clara perguntou:

— E onde você a viu?

— Estava na pulseira do relógio de uma americano. Ele veio me ver e me disse que estava aqui por poucos dias, consultando-me sobre um ponto de extraordinário interesse para todo psicólogo e, portanto, para você também, meu amigo.

Eu o olhei espantado, perguntando:

— E o que foi, doutor?

— Trata-se de uma propensão hereditária ao suicídio em uma família.

— Já ouvi falar de casos como este, doutor. Conheci uma pessoa atacada por esta mania. Era um médico de um navio, no qual viajei de Suez até o Ceilão. Recordo que passamos a noite passeando no convés e que falamos de problemas psicológicos. Inspirei-lhe confiança e ele contou coisas que não havia dito a mais ninguém. Contou-me que uma irmã e um irmão seus haviam-se suicidado, e que seu pai havia também tirado a própria vida. Ele fez-se médico para ver se, prestando seu auxílio a alguém que sofresse aquela enfermidade, conseguia encontrar remédio contra ela, pois outra irmã sua também tinha aquela obsessão.

Nosso visitante interessou-se vivamente por minhas palavras, perguntando-me:

— E o que aconteceu com sua irmã?

— Ignoro. Prometeu escrever-me e dar seu endereço, mas nunca o fez. Recordo que era austríaco. Este americano de que falou, por acaso, está na mesma situação?

— Não se trata dele mesmo. Em seu relato, não pronunciou um nome sequer, e aliás nem o dele próprio ele me falou. Falava como se se tratasse de uma família amiga, e não da sua própria. Mas a impressão que me deu foi de que falava de si mesmo, pela imensa tristeza de seu olhar. Parece uma boa pessoa, e senti sinceramente não poder dar-lhe auxílio.

— Mas ao menos — interveio minha esposa, — o senhor o consolou.

— Sim, eu o fiz, além de dar-lhe alguns conselhos.

— E toda a família está morta? — perguntei.

— Todos! Mas lutaram contra esta terrível obsessão noite e dia. Por minha parte, creio que ninguém é capaz de vencer tal tendência.

— Que espantoso! — exclamou Clara.

— Realmente o é, senhora. Tão obscuro quanto espantoso. Essa horrível inclinação apareceu pela primeira vez nesta família da qual me refiro, com os dois casos que citei no princípio. Desgraçadamente, não se sabe como combatê-la. Por minha parte, só pude aconselhar ao enfermo a ter fé em Deus, e que alterne trabalho com distração. Também disse-lhe para fortalecer o quanto for possível seu caráter e sua vontade, das quais há de se esperar alguma cura, se é que ela possa existir.

— O senhor ficou sabendo pelo menos o que a família fazia?

— Sim. Soube que o pai desapareceu, buscando ouro, e que era um caçador. Ganhou muito dinheiro, e como todos os americanos, tinha a mania de tornar-se milionário. Não o conseguiu, mas sua família sim. Disse-me que os cinco irmãos associaram-se para estabelecer um grande negócio de rebanho, com bons cavalos, bois e ovelhas. Mas não creio que este seja um bom negócio para uma família que padeça deste mal.

Já era tarde quando nos despedimos de nosso amigo, que cortou a conversa tão repentinamente que nos causou estranheza. Aquele não era seu comportamento habitual e opinei, com minha esposa, que parecia ter-nos visitado apenas para encaminhar a conversa ao ponto que parecia interessá-lo.

Por que tinha vindo nos contar tais coisas daquele americano?

Uma Proposta Enganosa

Capítulo Primeiro

Ao ficarmos sós, Clara disse-me, então, referindo-se ao nosso amigo:

— Hoje o doutor não veio nos ver como amigo... Parecia mais como se tivesse sido enviado por alguém.

— Por que está dizendo isso, Clara?

— Não sei, não sei... Este ianque terá alguma relação conosco?

Olhei para minha esposa espantado, e ela no mesmo instante acrescentou:

— A você eu me atrevo a perguntar, porque não diria a mais ninguém, por medo de que rissem de mim. Ainda mais que sabe que nós mulheres temos uns pressentimentos...

Não dei muita importância ao assunto, mas às onze da manhã do dia seguinte, quando estava sentado na minha mesa de trabalho, escutei a campainha da porta.

Dentro em pouco Clara apareceu com um cartão nas mãos, acompanhada de um homem. Este encaminhou-se até mim, e disse:

— Perdoe minha interrupção, mas aconteceu uma coisa espantosa. Sei que seu tempo vale muito e por isso estou disposto a pagar o que seja, mas hoje mesmo parte o navio no qual devo viajar, e antes gostaria de falar com o senhor.

Fez uma pausa, enquanto eu observava seu olhar triste. Então ele disse:

— Ante de tudo, devo informar-lhe que sou editor e que desejo comprar a série de seus livros intitulados *Winnetou*...

Pensando tê-lo identificado, eu disse:

— O senhor é Hariman F. Enters?

Ele concordou balançando a cabeça, enquanto eu prestava mais atenção nele. Era um homem de boa aparência, cerca de uns quarenta anos e vestido elegantemente. Apesar da modéstia de seus modos, em todo o seu porte notava-se uma certa arrogância. O seu olhar era tristonho, é verdade, mas não se pode estar feliz sempre. Recordo agora que, durante a nossa conversa ele deu uma risada, que dava a impressão mais de angústia do que de alegria.

Depois de minha pergunta direta, ele disse:

— O senhor é Mão-de-Ferro, não é verdade?

— Assim me chamavam... no Oeste — respondi.

— Não o chamam mais assim?

— É possível.

— O senhor pretende voltar lá?

— Sim...

— Irá para o interior do país?

— Ainda não sei.

— Em que navio o senhor partirá?

— Minha esposa e eu ainda não decidimos nada.

— Bem. Gostaria de saber se visitará seus... seus antigos conhecidos e amigos...

Por ser um desconhecido, sua pergunta era impertinente, e me aborreceu. Por isso voltei-me para minha mesa, com a intenção de continuar trabalhando, sem nem me dignar a responder-lhe. Isso pareceu alarmá-lo, e ele disse com certa angústia:

— Perdoe meu atrevimento, senhor, mas é que...

Eu o interrompi:

— Veja bem: eu perguntei o que o senhor deseja de mim, e ao invés de responder, o senhor me faz uma série de perguntas, sem direito algum.

— Já disse que pagarei o quanto valer seu tempo.

— O senhor não poderia. É demasiado pobre para tanto.

Minha resposta despertou sua vaidade, e ele disse petulante:

— O senhor acha? Causo-lhe mesmo esta impressão? Pois está enganado.

— Não senhor... Não estou enganado. Ainda que tivesse milhões de dólares, o senhor não poderia pagar ao homem mais pobre do mundo um quarto de hora do tempo de vida que Deus lhe deu.

— Bom, meu amigo... Se o senhor pensa assim, é claro que tem razão. Mas rogo-lhe que me atenda; serei conciso.

Com um gesto, convidei-o a sentar-se, para que então ele expusesse o motivo de sua visita:

— Sou editor e conheço seus livros.

— E como sabe alemão, sendo o senhor americano? Porque, que eu saiba, meus livros ainda não foram traduzidos para o inglês.

— Tenho um amigo que fala alemão. Um dia ele leu-me um trecho do seu livro. Escutei-o com tanto interesse, que contratei um jovem americano descendente de alemães para que lesse o livro por inteiro para mim. E fui tomando notas.

— Posso perguntar-lhe para que?

Notei que minha pergunta o desconcertava, até que ele conseguiu dizer, desviando-se da pergunta:

— Minhas notas sobre seu livro foram simplesmente literárias, naturalmente, em consonância com a minha profissão de editor. Posteriormente, em longas viagens que fiz pelo Oeste, confrontei com estas notas e vi que tudo o que o senhor descreve em seus livros concorda com a realidade da paisagem... E outras coisas mais, até nos menores detalhes...

— Obrigado — eu disse, secamente.

— Só há dois lugares — prosseguiu ele, pausadamente, — cuja existência não pude comprovar, porque não os consegui encontrar.

— E quais são estes lugares, se eu posso saber?

— Nugget-Tsil e o lago Água Escura, onde o senhor diz que o bandido Santer encontrou seu merecido fim.

Eu nada respondi, e ele então continuou, visivelmente interessado:

— Em sua próxima viagem, irá visitar novamente estes dois lugares.

— Talvez sim, talvez não. Mas noto que continua a me fazer perguntas em lugar de dizer-me de uma vez por todas o motivo de sua visita...

— Entenda: simplesmente quis demonstrar-lhe que li seu livro com muita atenção. Por isso desejo traduzi-lo para o inglês.

Meio confuso, respondi:

— Esclareça-me uma coisa: o senhor deseja comprar os direitos de *Winnetou*?

— Sim, só destes títulos.

— Os outros volumes, não o interessam?

— Não.

Discutimos o preço dos direitos de propriedade, mas compreendi que tudo aquilo era absurdo.

— Diga-me, senhor Hariman: veio até a Alemanha só para comprar este livro?

— Sim!

Tornei a levantar-me:

— Pois eu sinto muito: uma longa e cara viagem para nada, porque eu não irei vender-lhe os direitos sobre meu livro!

Capítulo II

Levantei-me para dar a entender que a conversa havia terminado, no que fui imitado pelo meu visitante, que não conseguia disfarçar a profunda decepção que minhas palavras causavam-lhe. Com uma cara angustiada, ele disse:

— Compreendi bem o que o senhor disse? Por que não quer vender-me os direitos do livro?

— Não vendo por separado os direitos de tradução de cada um de meus livros. Aquele que deseja comprar um, ou alguns, tem que comprar todos os títulos.

— E se eu pagasse por essa obra o valor que o senhor pede por todas?

Desconfiado, mas com firmeza, neguei:

— Também não!

— Na verdade, senhor... Deve ser muito rico para recusar uma oferta destas.

— Não acredite nisso; não tenho nada mais que o produto de meus livros, que, por outro lado, basta para suprir minhas necessidades. Se o senhor leu realmente minha narração sobre Winnetou, saberá que eu não busco riquezas, e sim coisas mais elevadas e dignas, com as quais possa entreter e edificar meus leitores. Para isso é necessário que eu encontre um editor apropriado, e estou convencido, a cada minuto que passa, que o senhor não pode sê-lo.

Era uma negativa absoluta, e Clara assim o compreendeu.

Hariman ainda formulou alguns argumentos, discutiu, regateou comigo, mas em vão. Ao ver que não iria conseguir seus propósitos, disse:

— Apesar de tudo, não perco a esperança de que você acabe por vender-me o livro. Noto que sua senhora não acha tão terrível a minha proposta. Consulte-a e dê-me mais tempo para que eu fale com meu irmão e sócio.

— Pensa em voltar à Alemanha só para isto?

— Não necessitarei voltar à Europa, porque o senhor logo viajará para a América. Peço-lhe que me diga o local e a data onde poderemos nos encontrar em meu país, e eu não faltarei ao nosso encontro.

— Creio que o senhor não conseguirá nada, nem na América.

— Não se adiante, senhor. Não pode ocorrer algo que o faça mudar de idéia, depois desta nossa conversa? Ou que, depois de falar com meu irmão, eu lhe faça uma proposta irrecusável?

— Concordo: minha mulher nunca esteve na América e tem grande vontade de conhecer as cataratas do Niágara. Por isso, tomaremos em Nova Iorque o vapor que sobe o rio Hudson, até a cidade de Albany, e ali pegaremos o trem para Buffalo, que está distante das cataratas apenas uma hora. Nós nos alojaremos na margem canadense do rio, no hotel Clifton, onde eu...

— Eu conheço, conheço perfeitamente o local — ele me interrompeu.

— Pois bem. Nós nos encontraremos ali, senhor Hariman.

— Quando?

— Isso, realmente, ainda não sei. O melhor é que o senhor entre em contato com o hotel, onde eles o informarão sobre nossa chegada.

— Ótima idéia. Assim o farei.

Por fim terminou aquela visita tão surpreendente e inesperada, que com o tempo teve maior importância do que a que, então, eu havia dado.

Quando nosso visitante saiu, notei que Clara não estava de acordo comigo. Minha esposa é muito propensa à compaixão, e o aspecto angustiado daquele homem a impressionou. Disse-me que não fora cortês com ele, tratando-o com excessiva frieza.

— Não sei porque portou-se assim com este homem, que só desejava comprar, por muito dinheiro, uma de suas obras.

— Porque ele me mentiu. Porque não foi sincero e honrado. Ou não sabe quem é ele?

— Sim, eu sei!

— Ah, não, querida! — exclamei carinhoso. — Você sempre será uma criança. O senhor Hariman F. Enters é um dos indivíduos daquela família que eu contei ao doutor, aquela que todos se suicidaram. E ele não se chamava Enters! — concluí, com firmeza.

— Por que acha que ele estava usando um nome falso?

— Possivelmente porque tem vergonha de tudo o que aconteceu com sua família. Não se esqueça de que é precisamente neste livro que eu falo sobre sua família, longa e detalhadamente.

— Estou... surpresa! Sabe qual o seu verdadeiro nome?

— Já que está me pedindo... Chama-se Santer!

— A que Santer está se referindo? Ao assassino do pai e da irmã de seu bom amigo Winnetou?

— Sim; só que o homem que estava aqui era seu filho.

— Oh, não! Não é possível!

— Estou quase certo do que disse!

— Acha que pode provar isto? — perguntou ela.

— Não precisa, querida. Você pode adivinhar com a mesma facilidade que eu o fiz.

— De verdade? Pois até agora só sei dele o que ele me disse, e você o tem por um mentiroso impostor, que usa o nome de Enters ao invés de Santer.

Pus-me a fumar tranqüilamente, deixando-a pensar um pouco.

Era encantadora a forma que Clara enfurecia-se, sem poder demonstrar que o que eu dizia não era certo.

Capítulo III

Até que, por fim, sentando-me comodamente depois de dar as primeiras baforadas, disse:

— Está indo no caminho errado para tirar alguma conclusão, querida Clara.

— Já que você é tão esperto, querido, mostre-me o caminho certo.

— Vamos ver. Recorda-se que este homem nos disse que contratou alguém para ler o livro, enquanto ele tomava nota? Quanto tempo faz isto?

— Ele mesmo disse que faz anos!

— Bem. E para que ele queria fazer anotações do meu livro?

Rapidamente ela me respondeu, para combater minha desconfiança sobre aquele sujeito:

— Ele disse: por motivos puramente literários, para seu negócio de editor. Está claríssimo, querido.

— Perfeitamente: pois essa é a mentira que nos levará a descobrir qual é seu verdadeiro nome. Ele nos disse então que negociava rebanhos, e você sabe muito bem quando ele abandonou este negócio, não é?

— Sim: ele o deixou ano passado, segundo nos disse ontem nosso amigo doutor.

— Pois, como tomou notas editoriais há tantos anos? Acredita agora que ele está dizendo a verdade?

Ela vacilou uns instantes.

— Não sei. Mas talvez você tenha razão. É até possível que ele não seja editor!

— Assim é. Considere o que vou te dizer, querida: esse homem apenas escutou falar de meu livro na casa de uns amigos, e toma a seu serviço alguém que leia e traduza a obra. Acredita que na casa de tais amigos pudesse ler todos os episódios do meu livro?

— Realmente, é impossível.

— Eu penso o mesmo. Ali só ficou sabendo de algo, e este "algo" deve estar relacionado muito estreitamente com algo muito importante para ele, posto que imediatamente contratou um tradutor para que este lesse a obra completa. Ou pensa que ele estava interessado só na obra em si, que ele não podia apreciar por estar escrito em alemão e ele não entender nada deste idioma? Em outras palavras, querida: tinha relação com sua vida anterior e, ainda mais, com a vida de sua família e tudo o que ocorreu com ela.

— Para descobrir algo sobre seu pai desaparecido. Não é assim? — deduziu minha mulher.

— Bem! Muito bem! — eu a felicitei, animando-a.

— Sim, para saber de seu pai. Ia lhe expor outras deduções para que chegasse a esta conclusão, mas já que você adiantou-se, não são necessárias. Unicamente quero que se dê conta sobre o afã com que ele tentou saber a localização de Nugget-Tsil e do lago Água Escura.

— E acha que esse afã obedecia só ao desejo de saber sobre Santer?

— Sim.

— Não estaria interessado em outra pessoa, ou talvez em encontrar pepitas de ouro?

— Não. Das pessoas que visitaram aquele lugar, só poderia interessar-se por mim, pois os demais eram insignificantes ou estão mortos, e seria absurdo que tivesse feito todas essas pesquisas no Oeste para dar comigo: sua visita de hoje demonstrou o quão fácil é encontrar-me. E com respeito às pepitas de ouro, ele mesmo leu em meu livro que estão perdidas para sempre, e que ninguém poderá recuperá-las. Resulta, pois, que das pessoas que participaram dos acontecimentos em Nugget-Tsil e o lago Água Escura, só Santer e eu podíamos interessá-lo; excluindo eu, resta somente Santer. E agora repare bem, há outro feito que vem em meu auxílio.

Detive-me uns instantes para dar mais uma tragada, e então prossegui:

— Este suposto senhor Hariman F. Enters quer comprar meu livro para impedir que se publique em inglês.

Minha esposa, cheia de entusiasmo ao começar a compreender, exclamou:

— Não quer que fiquem sabendo das façanhas de seu pai na América.

— Assim é, e vejo que continua adiantando-se às minhas deduções. Para mim, a coisa está clara. Ele pensou em cegar-me com a carteira repleta de dólares. Sua visita foi uma ofensa, na verdade, e por isso não fui muito "cortês" com ele, como você mesma reparou.

— Suponho que agora esteja desgostoso comigo, não é verdade? E eu bem o mereço!

— E por que iria estar?

— Porque, de certa forma, fui eu a causa de você conceder-lhe nova entrevista.

— Não, querida, eu o fiz de propósito. Consenti em tornar a encontrá-lo porque tenho motivos muito importantes para não perder de vista os irmãos Enters ou Santer. Já sabe que é costume entre os caçadores experientes do Oeste não deixar em seu encalço gente que possa ser perigosa.

Algo assustada, minha esposa repetiu como um eco:

— Perigosa?

— Eu acho que sim!

— Por que? Esse Enters, ainda que seja um Santer, como você deduz, me pareceu um bom homem.

— A mim também. Mas até a bondade personificada pode chegar a fazer coisas erradas por causa do desespero. Não pensa que a depressão e a melancolia mórbida que este homem sofre pode dar um estalido, do qual temos que nos proteger? E, além disso, nós conhecemos seu irmão? Já sabe que muitas vezes os irmãos não têm o mesmo caráter, nem o mesmo temperamento. Estou certo de que no Niagara conheceremos os dois, e então veremos qual deve ser nossa atitude com eles, para que não sigam as pegadas de seu pai, que foi um assassino.

— Ora, ora! Nossa viagem promete ser muito interessante — disse minha mulher.

— Acho que sim, querida! E isto sem que tenhamos dado nem um passo sequer!

— Correremos perigo, amor?

— Não. E agora o que devemos fazer é preparar a viagem para a América, para conhecer ao ancião "homem da medicina" Tatellah-Satah. Ele me escreveu que devo salvar Winnetou, e desde que tenho tal missão, tenho que cumpri-la, não existindo nenhum perigo que possa me deter. E para você, querida?

— Sabe que junto de você eu me sinto sempre segura!

— Pois então vamos preparar nossa viagem e que Deus nos dê uma boa viagem...

Dois Índios Europeizados

Capítulo Primeiro

Estávamos nas grandiosas cataratas do Niagara, instalados no luxuoso hotel Clifton. Deste hotel podia-se gozar o grandioso espetáculo que constitui a queda constante daquelas enormes massas de água, espumosa e ruidosa, que cria um murmúrio contínuo que parece invadir tudo, mas que na verdade converte-se na música de fundo desta majestosa paragem da terra.

Como vizinhos de quarto tínhamos os dois irmãos Enters: Hariman e Sebulon...

Eu havia suspeitado que nos esperariam, mas não que os teríamos como vizinhos de quarto, já que ao fazer nossa reserva, coloquei o nome de senhor Burton e senhora.

Assim o fiz porque estava obrigado a guardar segredo de minha viagem, de forma que tive que ser prudente e renunciar ao meu nome verdadeiro, ainda que pessoalmente não tivesse nada a ocultar.

De qualquer jeito, assim que chegamos, fizemos as excursões que os turistas fazem invariavelmente ao visitarem o Niagara: uma de trem e outra de barco. A ferrovia descia margeando a orla canadense e voltava a subir pela margem oposta, pertencente aos Estados Unidos. À grande profundidade ruge e ferve a corrente da água agitada: as rochas da margem sobressaem-se em picos da água, e o trem vai em alguns lugares a dois metros da borda daqueles inquietantes abismos, algo que não se pode esquecer jamais.

O passeio fluvial é feito num simpático vaporzinho chamado *Maid of the Mist* (Donzela da Névoa), que se aproxima valentemente até muito próximo da catarata principal, desembocando na margem, onde deixa os admirados turistas, que se vangloriam de terem estado "atrás" do gigantesco salto de água.

Do grande restaurante do hotel, quando jantávamos, voltamos a contemplar extasiados as cataratas banhadas na misteriosa luz da lua. Às onze horas a camareira veio anunciar-nos que os irmãos Enters haviam entrado no quarto, vizinho do nosso.

Em poucos instantes nós os escutamos sair, e eles puseram-se a passear, conversando. No corredor, minha esposa e eu reconhecemos o homem que tinha ido nos visitar na Alemanha. Eles não demoraram a sentar-se em uma das mesas que havia no amplo corredor, de forma que aguçando os ouvidos, eu podia escutar perfeitamente sua conversa.

A princípio, a conversa era sobre assuntos que não compreendíamos, e nem nos importava, até que o homem que ainda não conhecíamos disse, depois de uma pausa:

— Que aborrecimento, ter que ficar esperando aqui tanto tempo! Todavia, podem demorar ainda uma semana para chegar.

— Não creio — disse o tal chamado Hariman. — Eles virão aqui, antes de irem procurar algum outro editor.

— Continua firme em seu plano?

— Sim. Tenho que honrá-lo. A verdade é que esse homem tratou-me muito bem, e se o maltratarmos, não conseguiremos nada dele. Essa é a impressão que ele me produziu. E quanto a sua mulher, posso dizer que agradei dela. Ficaria aborrecido em não proceder corretamente com ela.

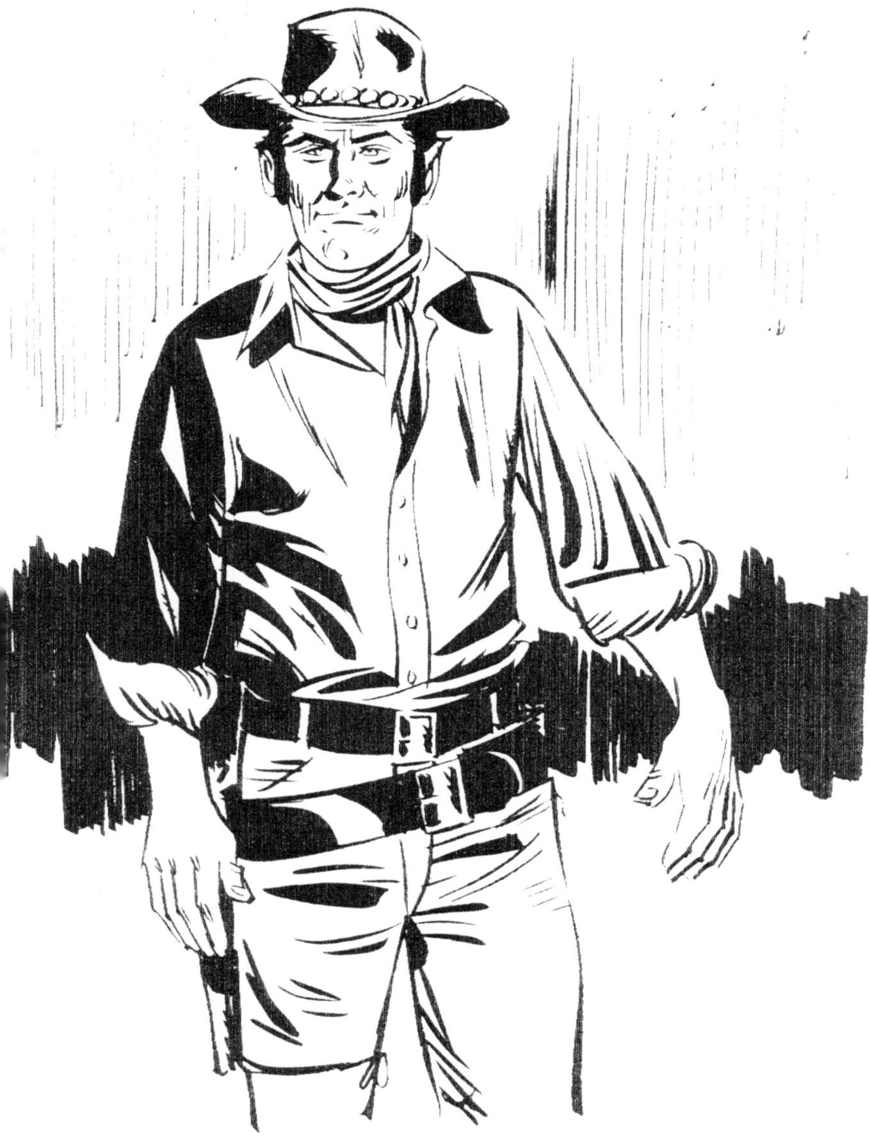

— Ora! O que é isso de "proceder corretamente"? Com quem tem que proceder corretamente é consigo mesmo, e mais ninguém. E se queremos fazer um negócio que...

— Cale-se! — interrompeu bruscamente o outro.

— Por que?

— Por que o velho poderia nos escutar.

E ao dizer isto, apontava para o nosso quarto.

— O velho? Não creio. Ainda deve estar lá embaixo — disse o outro homem.

— Não importa. Além disso, estou cansado e desejo ir deitar-me. Amanhã devemos madrugar. Vamos dormir...

Vimos os dois homens levantarem-se e em seguida entrarem no quarto. Não era muito o que tínhamos averiguado, mas pelo menos sabíamos que Hariman F. Enters queria proceder honradamente conosco e que, em troca, era preciso ter cuidado com seu irmão, Sebulon L. Enters.

E então fomos dormir.

Capítulo II

Na manhã seguinte fomos tomar o café-da-manhã, e a camareira nos informou que nossos vizinhos haviam saído cedo do hotel, deixando ordens de que se o casal May chegasse, fosse informado de que os irmãos Enters haviam ido a Toronto e que voltariam no dia seguinte, de noite.

Mas estávamos terminando de comer quando dois homens, que por si próprios chamavam a atenção, aproximaram-se de nós.

Eram, mais ou menos, da mesma idade, e sem dúvida alguma, eram índios: altos, de ombros largos e feições marcadas, muito viris e do tipo nobre, com certa majestade em seu porte e movimentos. Estavam vestidos da forma européia, e ao ver que sua mesa preferida estava ocupada, mudaram de direção e sem nada dizerem, ocuparam a outra mesa.

Ainda que suas caras fossem bem curtidas pelo sol, podia-se observar naqueles rostos esse não sei que especial, que só se encontra nas pessoas que estudaram muito e dirigiram seus pensamentos por rumos elevados. Normalmente diz-se que tais pessoas têm cara ou feições espirituais, e a impressão dessa acentuada espiritualidade é mais intensa, mais profunda, e também mais duradoura, quando se torna transparente pelo olhar melancólico dos anos que se vão, dos dias que morrem ou dos povos que vão se extinguindo pouco a pouco por forças que os esmagam.

Eu posso dizer, porque os conheço muito bem, que nos índios, manifesta-se essa muda e impressionante alegria dos olhos, impossível, por outro lado, de descrever cabalmente.

Confuso por haver aceito nossa gorjeta e permitir que nos sentássemos na mesa reservada para eles, o garçom aproximou-se, indicando-nos:

— Esses são os cavalheiros de quem lhes falei. Como vêm, são gente distinta, mesmo sendo índios.

— Sabe de onde vêm? — indaguei.

— Não sei exatamente. Mas sei que vieram margeando o rio por Quebec e Montreal.

— Como se chamam, ou como se registraram no hotel?

— Senhor Athabaska e senhor Algongka. Bonitos nomes, não são, senhor? Bem musicais. Mas na verdade, música são suas pepitas de ouro...

Aquele garçom, avaro e vulgar, não se envergonhava em expor suas idéias em nossa presença. Continuou nos informando que aqueles cavalheiros ocupavam os aposentos mais luxuosos e caros do hotel.

Discretamente observados por mim e por minha esposa, o senhor Athabaska e o senhor Algongka comeram lenta e moderadamente, de modo tão elegante e distinto, que a uma milha notava-se que estavam acostumados a freqüentar hotéis de primeira categoria. Dava gosto ver seus gestos lentos e pausados, e Clara admirava a dignidade que revestiam ao menor dos movimentos aqueles dois homens tão interessantes, que contrastava com sua modéstia exterior.

Não levavam anéis nem adornos que demonstrassem sua riqueza; nem sequer um detalhe e vaidade que demonstrasse sua posição privilegiada. Isto agradava muito minha esposa, a quem tenho quase que obrigar a comprar roupas e chapéus.

Mas o que mais me chamava a atenção era o fato de que, contradizendo a clássica taciturnidade dos índios, aqueles dois cavalheiros conversavam animadamente entre eles, tomando freqüentes notas em uns cadernos.

Não era para menos minha curiosidade ao notar que eles faziam anotações com rapidez e segurança, o que demonstrava que estavam acostumados a escrever. Via-se claramente que aqueles dois índios, não só sabiam manejar suas machadinhas de guerra, mas também o lápis com a destreza de um catedrático.

No hotel Clifton, as gorjetas eram dadas depois da comida, segundo pudemos observar pelos outros clientes. Quando nós demos a nossa gorjeta ao garçom, ele espertamente, ao notar nosso interesse pelos clientes índios, nos perguntou obsequioso:

— Desejam os senhores terem uma mesa próxima a esta?
— Sim — respondeu prontamente Clara.
— Para todas as refeições?
— Para todas...
— Muito bem. Irei encarregar-me disso...

E por isso tivemos que dar-lhe mais uma gorjeta.

Aquele esperto rapaz deveria tirar uma boa quantia oferecendo este tipo de "serviços".

No entanto, eu e minha esposa queríamos ter a oportunidade de entabular conversação com aqueles dois distintos índios.

* * *

Quando voltamos ao restaurante, para almoçarmos, os índios já estavam em sua mesa.

Mas a nossa, vizinha à deles, permanecia vazia a nos esperar.

Surpreendeu-me ouvi-los falando na língua de meu inesquecível amigo apache Winnetou, podendo assim escutá-los dizendo que pensavam em estabelecer e demonstrar a relação entre todas as línguas atabascas, às quais pertence o dialeto dos apaches.

O que mais me interessou em seu diálogo foi uma frase da qual deduzi que os dois índios também propunham-se a ir à montanha Winnetou, e que falavam na língua apache para exercitarem-se, para não parecerem ignorantes ao chegarem ao término de sua viagem.

Que conhecimentos lingüísticos deviam possuir aqueles dois homens!

Eram, sem dúvida, dois chefes: mas certamente, algo mais também. O que podiam ser? Lógico que este problema não era para mim de solução urgente, pois como sabia que eles estavam indo para o mesmo lugar que nós, tinha certeza que, chegando lá, poderia conhecê-los melhor.

Durante umas horas, eu e Clara nos esquecemos dos dois índios, das cataratas, do hotel Clifton e dos irmãos ausentes que tinham marcado um encontro conosco, para irmos a Buffalo, visitar o cemitério de Forest Lawn, onde estava a tumba do célebre chefe Sa-go-ye-wat-ha, e ali depositarmos algumas flores.

Tenho grande afeto e veneração à memória deste homem, orador vigoroso e sem igual dos índios sénecas. O cemitério é bonito, único. Para arranjarem seus cemitérios, os americanos têm verdadeiro dom. Escolhem o local onde os mortos irão repousar, em um terreno acidentado, e procuram dar vida a este domínio da morte, fazendo dele um parque muito agradável, ensolarado, cheio de verde, no qual as tumbas, muito espaçadas entre si, infundem a idéia de um mundo tranqüilo, em repouso e mais elevado.

Nestes cemitérios tratam-se os mortos com uma igualdade exemplar. Ali se vê o pobre junto ao rico; o ignorante ao lado do sábio, e muitas vezes o miserável descansa em um túmulo gratuito abaixo da mesma laje de mármore que o prócer.

Assim agem os americanos, e nisto são dignos de admiração.

Aquele era um dia claro e agradável, ensolarado. Enquanto descansávamos eu e minha esposa conversamos sobre Sa-go-ye-wat-ha, com o tom de voz que se emprega quando se visita a tumba de alguém muito respeitado e amado. Por isso não escutamos que duas pessoas aproximavam-se da tumba pelo lado oposto, pois o chão estava coberto de grama fresca, que abafa como um tapete os ruídos de passos. Mas quando deram a volta no pedestal, vimos que eram os dois índios alojados no hotel Clifton.

Eles também tinham ido visitar a tumba do famoso orador dos índios sénecas, e perceberam, ao verem nossas flores frescas, que também tivéramos a mesma idéia. Creio que estranharam nossa presença, mas sempre prudentes e corretos, fizeram como se não nos tivessem visto e aproximaram-se do monumento, justamente onde Clara e eu havíamos deixado as flores.

Cravaram um olhar agudo nelas, até que o homem chamado Athabaska exclamou, sem poder conter-se:

— Aqui alguém falou a linguagem do amor. Quem poderia ter sido?

Algongka inclinou-se e pegou uma das flores para examiná-la. Athabaska fez o mesmo e os dois olharam-se assombrados.

Aproximaram-se então de nós e, com uma delicadeza que nos comoveu, inclinaram-se diante da minha gentil esposa, e ofereceram-lhe as flores.

Clara também emocionou-se e, levantando-se, só conseguiu dizer:

— Obrigado, cavalheiros... Quanta gentileza!

O Desejo Aguçado

Capítulo Primeiro

Aquela noite os dois índios enviaram o garçom para informar-nos que, se aceitássemos, estavam nos convidando para jantar em sua companhia. Recordo ter passado horas inesquecíveis.

Eles falaram sobre muitas coisas mas, sobretudo, do passado, o presente, e o problemático futuro da raça índia.

Deveria ser já meia-noite quando nos separamos, e antes de nos retirarmos para o nosso quarto, Clara e eu nos sentamos para apreciar o inefável espetáculo das cataratas à luz da lua e das brilhantes estrelas.

Estávamos conversando sobre o agradável jantar, quando escutamos as vozes dos irmãos Enters, que falavam em seu quarto, ao que parece violentamente. Prestamos atenção e pudemos escutar claramente:

— Repito novamente que não grite tanto, porque não estamos sozinhos neste hotel.

— Que o diabo carregue este hotel! Nós pagamos e ponto final. Fico aborrecido por ter que esperar tanto tempo aqui! Justamente no momento em que nossa presença é tão necessária no Púlpito do Diabo. Se chegarmos com meio-dia de atraso, vamos perder já muita coisa. Tenho certeza disto.

Hariman então respondeu:

— Eu sei. Mas não podemos partir sem vê-los.

— Pelo menos um de nós deveria ir reter Kiktahan Shonka (em dialeto sioux, Cachorro Vigilante), até que o outro chegasse. Precisamos saber onde fica Nugget-Tsil e o lago Água Escura.

— Pois esse escritor alemão é o único que sabe.

— Eu arrancaria esta informação à força, e não como você está planejando... Sendo honrado! Ora! Você sabe o que ele fez com nosso pai e...

— Nosso pai foi culpado de sua própria morte e do que ocorreu a toda a família.Nós dois somos os únicos que restamos, irmão, e se não procedermos com lealdade, também iremos morrer.

— Eu não faço mais nada além de pensar no imenso tesouro que se perdeu na água, com nosso pai. Além disso... Quanto nos daria Kiktahan Shonka se puséssemos este alemão ao alcance de sua faca! Quantos sacos de ouro!

— Por Deus! Nem pense nisso!

— Não posso. Esta idéia me persegue, cada vez mais violentamente.

Não era prudente continuarmos ali, porque se um deles saísse ao terraço, poderia nos ver. Levei Clara para o quarto, pois ela estava tremendo e parecia muito preocupada. Quando fechamos as persianas, ela disse:

— Ele está pensando em entregar você para este índio, para que ele o mate! Quem é esse Kiktahan Shonka de quem falaram?

— Provavelmente, um chefe dos sioux. Não o conheço, e nunca ouvi falar dele. Mas não deve se preocupar, meu amor. Não há o menor motivo para isto.

— Querem matá-lo e você me diz para que eu não me preocupe. Impossível!

— Nada irá acontecer, porque já estamos prevenidos. Por outro lado, não se trata, ao que parece, de uma coisa decidida, e sim de uma idéia obsessiva com a qual parece lutar esse maníaco deste Sebulon. Nenhum destes dois tentará nada contra mim, pelo menos até encontrarem o lugar onde seu pai morreu afogado. Até então, minha vida estará segura.

— E o que é esse Púlpito do Diabo? Que nome horrível!

— Pelo contrário, querida, ele é altamente romântico. Amanhã perguntarei onde ele fica. Quando me instalar em Prospect-House...

— Que lugar é este? — interrompeu-me Clara.

— Um hotel, onde vou dormir esta noite.

— Muito bonito! — tornou ela a exclamar, muito ofendida. — E por que vai para outro hotel?

— Seria muito longo explicar-lhe todos os meus projetos, querida. Mas agora vou para este hotel, onde escreverei umas linhas para o senhor Hariman F. Enters, dizendo-lhe que cheguei em Niagara-falls e que estou sabendo que eles estão hospedados aqui no Clifton; direi que, por motivos pessoais, me hospedei em Prospect-House, onde espero ele e seu irmão à partir das oito da manhã, e que não posso prolongar minha espera porque tenho que receber minha esposa, que ainda não chegou. O que acha disso?

— Você sabe melhor do que eu, querido; não vou interferir nos seus planos.

— Muito bem! Creio que será mesmo mais prudente não deixar que eles a vejam.

Nós nos despedimos e na manhã seguinte, em Prospect-House, encontrei com os irmãos Enters. Haviam recebido minha mensagem e chegaram pontualmente, esperando-me no terraço, aonde eu os encontrei.

Primeiro saudei ao senhor Hariman F. Enters. Ele então apresentou-me seu irmão, perguntou por minha esposa, o que me pareceu muito gentil.

— Ela não chegou ainda. Amanhã ou dentro de uns dois dias poderá vê-la.

Eu os vi ficarem desconsolados, enquanto Hariman dizia:

— Sentimos muito, mas hoje mesmo nós partimos. Mas antes vamos falar de negócios, não? Na Alemanha o senhor deu-me alguma esperança e...

— Alto lá, senhor Hariman! Minha posição continua sendo a mesma. Só disse que voltaria a pensar no assunto, junto com minha esposa. Sendo assim, não sei de onde o senhor tira esta esperança.

— Achei que, por seu bom senso, chegaríamos a um acordo. Mas este não é o lugar para tratarmos deste assunto.

Ele tinha razão: o restaurante não era o lugar mais indicado. Em vista disso, apressei-me a terminar o café que havia pedido e nos dirigimos até o rio. Lá nos acomodamos em um banco junto à margem.

Podíamos falar agora livremente, sem medo dos curiosos, ainda que eu estivesse decidido a não perder muito tempo com os irmãos. Sabia que podia confiar mais em Hariman, com seu olhar triste e angustiado, mas também sabia que devia ter cuidado com Sebulon, que me lançava olhares furtivos pouco tranqüilizadores.

Capítulo II

Assim que nos sentamos, Hariman começou a falar:

— Como já lhe disse, contamos com seu bom senso. E já sabe bem o que queremos.

— Eu sei, mas antes de falarmos de negócios, gostaria que me dissessem se querem falar com o escritor... ou com o homem do Oeste.

— Com o homem do Oeste, como o senhor é. É mais prático, e poderemos nos entender melhor, pois nós também somos dali.

— Então não percamos tempo, pois meu tempo é curto.

— Sabe que insisto em comprar os direitos de sua obra *Winnetou*.

— Para imprimi-la?

Aborrecido e com certa rudeza, Sebulon interveio:

— Para que acha que compraríamos o direito do livro, senão para imprimi-lo?

— Vamos combinar uma coisa: respondam diretamente minhas perguntas. A idéia é traduzir e imprimir meu livro ou não?

Os dois trocaram um olhar, confusos, e nenhum deles respondeu.

— Eu adivinhei que o seu desejo não é imprimir minha obra, e sim comprar seus direitos para fazê-la desaparecer, por respeito a seu próprio nome e à memória de seu falecido pai.

Os dois levantaram-se ao mesmo tempo. Neste instante, a discussão entre eles começou e Sebulon jogava na cara do irmão que ele devia ter deixado alguma pista, o que me levou a descobrir a verdadeira identidade deles. Por sua vez, Hariman defendia-se acaloradamente, e para acalmá-los, tive que levantar-me também e gritar:

— Basta! Parem de discutir. Poderiam ter enganado ao escritor, mas não ao homem do Oeste. O sobrenome de vocês é Santer: vocês são filhos de Santer.

Eles então ficaram imóveis, estupefatos. Depois sentaram-se novamente, como se fossem autômatos. E permaneceram em silêncio, olhando para o chão. Eu prossegui:

— E agora, o que foi? Não têm mais nada para dizer?

Foi Hariman quem disse então, timidamente:

— Quer vender-nos esta obra?

— Não.

— Por preço algum?

— Não! Por mais alto que seja! Mas não creiam que

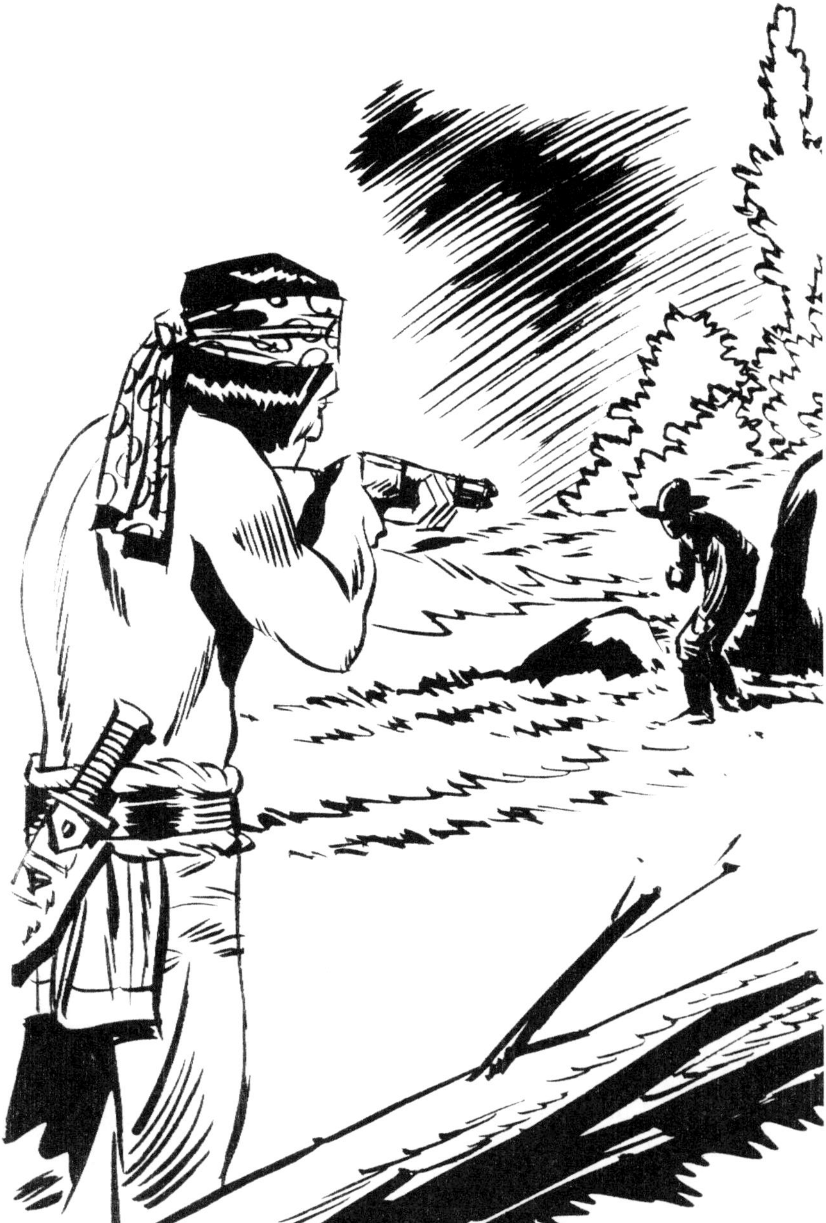

é por espírito de vingança, pelo que foi seu pai, mas porque esta venda, na realidade, não serviria para nada. Tenham em conta que o que eu escrevi em *Winnetou* não pode desaparecer. Aqui nos Estados Unidos há milhares de exemplares de meu livro, e não tenho proteção para minha obra, pelas leis daqui. Todo aquele que quiser, pode traduzi-las e imprimi-las. Todos os editores sabem disso, e quando o senhor me fez a oferta na Alemanha, percebi que havia algo estranho. Eu poderia pegar o dinheiro e rir-me de vocês. É isso o que querem que eu faça?

O violento Sebulon então falou, desafiante:

— Efetivamente, senhor: nosso sobrenome é Santer e somos filhos do homem que conheceu. Pela última vez: irá nos vender este maldito livro?

— Não — repeti com firmeza.

Então Sebulon virou para o irmão, e perguntou:

— Vamos contar?

Hariman balançou a cabeça afirmativamente, e Sebulon então disse:

Muito bem, amigo. Conhece os índios sioux?

— Sim.

— E conhece os apaches?

— Sua pergunta é tola: se na verdade leu ou traduziram-lhe minha obra, saberá que esta pergunta é completamente absurda.

— Pois ouça o que vou lhe dizer: os chefes apaches marcaram uma reunião com os sioux. O porquê e para que ainda não sabemos; mas escutamos que se trata de uma reunião pacífica. Só os chefes poderão participar desta reunião. Agora, ouça bem: os sioux decidiram aproveitar a ocasião para unirem-se a todos os inimigos dos apaches, para aniquilá-los. Acredita no que estou lhe dizendo?

— É possível, mas o senhor teria que prová-lo.

— Vou fazer isso! Os inimigos dos apaches irão reu-

nir-se em um determinado local, para traçarem seus planos de guerra. Eu conheço este local.
— Verdade? — perguntei, com certa ironia.
— Verdade, ainda que o senhor não o acredite.
— E como o senhor ficou sabendo disso?

Ao dar-se conta de meu tom irônico, Sebulon pareceu irritar-se, mas mesmo assim respondeu:
— Eu conheço os sioux muito bem, e eles me conhecem. Nossa profissão de comerciantes de rebanhos nos colocou muitas vezes em contato com eles. Agora nos propuseram um negócio maior e mais lucrativo. Trata-se de vendermos o butim que eles obterão dos apaches. Agora compreende?
— Perfeitamente. Mas isso também você terá que me provar.
— Sei que o senhor é amigo dos apaches e agora sabe que irá acontecer uma luta sangrenta, onde muitos morrerão. Posso colocá-lo numa posição em que o senhor consiga impedir isto. Eu o levarei ao lugar onde os sioux estão reunidos; renunciarei a todo o lucro que teria com este ataque, e me contentarei em que o senhor me diga a localização de dois lugares que muito me interessam: Nugget-Tsil e o lago Água Escura. Aceita ou não? Porque temos pouco tempo.

Capítulo III

Sebulon estava tão agitado, que disse isto tudo de uma só vez, como para empregar o menor tempo possível, o que fez suas palavras serem duplamente angustiosas e impressionantes.

Apesar disso, eu perguntei, lentamente e medindo minhas palavras:
— Onde estão reunidos os inimigos dos apaches?
— Em Trinidad.

— Qual Trinidad? Porque o senhor sabe que há muitos lugares com este nome.
— Muito bem! No Colorado.
Por um momento, recordei certas andanças durante a minha juventude, neste povoado. Tratei de esquecer isso.
— Quer dizer que em Trinidad do Colorado irão reunir-se todos os inimigos dos apaches, verdade?
— Não está acreditando?
— É possível que sim... É possível que não. De todo jeito, para encontrar Kiktahan Shonka não preciso da ajuda dos senhores. Basta dirigir-me ao Púlpito do Diabo e...
O efeito que minhas palavras causaram foi tão imediato e formidável que eles não conseguiram ocultar seu espanto. Eles ignoravam que eu os havia escutado falar no corredor do Hotel Clifton, e Hariman, como que aterrado, exclamou:
— Como o senhor sabe disso? Você é onisciente?
— Você é um bruxo! — rugiu seu irmão.
— Nem onisciente, nem bruxo — repliquei, divertido. — Mas seguem um caminho equivocado se querem que eu troque estas notícias que me deram, pela localização de Nugget-Tsil e de Água Escura. Pelo contrário, a situação é a seguinte: os senhores não têm nada a ganhar com os sioux e sim com os apaches, e eu sou o único que pode procurar-lhes esta ajuda.
Queria dar por terminada a entrevista e segui, pondo-me de pé:
— Se é verdade o que me disse Sebulon, dentro de uma semana os senhores me encontrem em Trinidad, no hotel de Maksch, *o azul*, ao qual forçosamente os senhores devem conhecer, se é que já estiveram ali alguma vez.
— Sim, conhecemos! Isso demonstra-lhe que já estivemos em Trinidad do Colorado.
— Deixe-o terminar — recomendou Hariman a seu irmão.

— Bem: assim que chegarem, já verão se irão apoiar os sioux ou os apaches. Conforme os senhores se comportarem, eu os levarei ou não aonde interessa-lhes ir. E advirto-lhes que a responsabilidade do que ocorrer não recairá sobre mim, mas sim sobre os senhores.

Dei por encerrado nosso encontro e regressei ao Hotel Clifton, onde me reuni com minha esposa.

Os dois distintos índios já haviam partido do hotel, e sua mesa estava ocupada por outras pessoas.

Contei a Clara todos os detalhes de meu encontro com os irmãos Enters, e como eles ignoravam ainda que nós estávamos alojados no mesmo hotel que eles. Pouco depois nós os vimos sair com sua reduzida bagagem e o garçom, tão serviçal quando lhe ofereciam uma gorjeta, nos informou, meia-hora depois:

— Esses cavalheiros por quem o senhor me perguntou estão indo para Buffalo, e dali tomarão o primeiro trem para Chicago. O mesmo roteiro dos dois cavalheiros índios que saíram hoje de manhã, bem cedo.

Horas depois, também estávamos de viagem, mas desviamos por Kansas City para não tropeçarmos nem com os dois índios, nem com os dois irmãos. Sabia a distribuição das linhas ferroviárias americanas, que oferecem toda a classe de comodidade e possibilidades para entrecruzar-se, o que nos permitiu chegar por um caminho distinto ao nosso destino.

Clara estava emocionada como uma criança à medida que ia adentrando o legendário Oeste.

Capítulo IV

Quando descemos do trem, olhei ao meu redor.

Logicamente Trinidad não tinha de modo algum o aspecto primitivo que oferecia na época em que estive ali pela primeira vez, mas o certo é que deixava muito, mas muito, a desejar.

Quando perguntei, ainda na estação, por meu amigo Max Papperman, mesmo corrigindo-me no mesmo instante, e dizendo Maksch, o *azul*, ninguém soube informar-me algo sobre ele. Só um velho empregado aproximou-se, para anunciar que o hotel de meu amigo já não existia.

Alarmado, perguntei precipitadamente:

— Como? Maksch, o *azul*, está morto?

— Não, senhor; mas o hotel já não é mais seu. Ele foi obrigado a vendê-lo.

Não me deram mais nenhuma informação, e eu não insisti. Mas fosse ou não meu amigo o dono do hotel, para lá nos dirigimos.

Mediante boas gorjetas, consegui que me dessem dois quartos coligados, pequenos e pobremente mobiliados, com janelas que davam para o que eles, pomposamente, chamavam de "jardins". Quando Clara foi vê-lo, encontrou um terreno quadrado, cercado por quatro tapumes de madeira arruinada, no qual se viam os seguintes objetos: duas mesas velhas, cada uma com três cadeiras mais velhas ainda; uma árvore raquítica, quase sem folhas, que já não se sabia se era uma tília ou um álamo; quatro arbustos onde dormitavam alguns gatos preguiçosos, rodeados por alguns matos os quais, se adivinhava, haviam pretendido fazer tomar conta do chão do jardim.

Em uma das mesas estava sentado um homem e na outra mesa vizinha, havia outro homem bebendo, sentado de tal forma que víamos seu perfil.

O primeiro homem tinha um copo de cerveja nas mãos, já vazio; o segundo tinha um cigarro na boca, mas não fumava, porque estava apagado. Clara abandonou seu posto de observação e me disse, apontando o homem do cigarro apagado:

— Ele está comendo o cigarro!

— Não se alarme, querida; aqui no Oeste, é muito comum que se masque tabaco! Muitas pessoas gostam de fazer isso.

Divertido, apareci na janela para ver o "jardim" e vi também os dois homens. Estavam de costas, e como ficamos sabendo depois, eram os dois hoteleiros: o antigo e o novo. Não pareciam estar muito satisfeitos, e sim bem arrependidos; um por haver vendido seu "negócio", e o outro por havê-lo comprado.

Vendo-os assim, parecia que estavam pensando em como ressarcir-se do mal negócio feito...

Fazia tantos anos que havia estado ali, que foi minha esposa quem teve que me ajudar a identificar meu amigo Max Papperman, dizendo-me:

— Olhe! O homem que está à direita deve ser o seu amigo; esse Maksch, *o Azul*, de quem fala. Acabou de virar o rosto e vi que a parte esquerda de sua bochecha é azul!

— Tem razão! — concordei, alegremente. — Está tão velho! Vou fazer-lhe uma boa surpresa!

— E que seja agora! — recomendou-me, divertida, Clara.

Ela será sempre uma criança! Adora este tipo de coisa!

Escultores e Pintores

Capítulo Primeiro

Aproximei-me mais da janela e, colocando os dedos na boca, lancei o penetrante grito de guerra dos ferozes sioux. No mesmo instante afastei-me da janela, mas a tempo de ver que o efeito tinha sido imediato.

Os dois hoteleiros puseram-se de pé com um salto, e Maksch já sacava rapidamente seu revólver do coldre:

— Os sioux! Os índios! Que venham os sioux!

Os dois olhavam para todos os lados, encurvados sobre si mesmos, dispostos a disparar chumbo ardente pelos canos de seus revólveres, firmemente empunhados. Mas não viam ninguém, nem mesmo um só índio; a verdade é que estavam extremamente cômicos.

Por fim, o hoteleiro pareceu pensar um pouco, passada a surpresa inicial, e disse a Max Papperman, como se ele fosse o culpado de tudo:

— Os sioux? Como diabos eles podem estar aqui, no meio do povoado, e em minha casa?

— Pois foram eles! Conheço este grito muito bem! — protestou meu amigo.

— Você é um estúpido, Maksch!

— Ah, sim? Pois eu lhe digo que este grito é inconfundível. E mais, asseguro-lhe que se trata de um sioux oguelala!

— Ora! Você realmente é muito esperto! Mas não está escutando bem! Recomendo-lhe que procure um médico que...

Não pôde continuar, porque para divertimento de minha esposa, fiz soar novamente o temido grito de guerra.

— É mesmo? O que me diz agora, cabeçudo? Se esse não for um autêntico oguelala, que me arranquem a pele! — disse meu amigo.

— Diabos! Parece mesmo com o grito deles! Mas onde diabos ele está se escondendo?

— O grito está vindo lá de cima. Eu diria que...

Os dois ficaram olhando para a janela aberta, onde, colados na parede, eu e Clara estávamos bem escondidos, de forma que nós podíamos vê-los, mas eles não.

Muito baixo, contendo a risada, Clara sussurrou para mim, ao olhar o rosto daqueles homens, com as armas em punho:

— Estão aterrados, amor!

— Não é para menos! Você não pode imaginar o que são os sioux em guerra! Eles sabem, e por isso...

Sem aproximar-me da janela, pela terceira vez imitei, perfeitamente, o grito dos guerreiros sioux.

— Está ouvindo? — voltei a escutar meu amigo gritando. — Não é nenhuma piada! Eles estão lá em cima, atrás da janela! Naquele quarto!

E os dois já iam disparar, quando uma mulher apareceu no "jardim", dizendo:

— Venham agora, porque não sei o que vou cozinhar hoje!

— Cozinhar? Temos clientes?

— Sim: um homem e uma mulher.

E então, eles entraram junto com a mulher.

Um momento depois, escutamos uma batida em nossa porta, e eu disse:

— Entre!

A porta abriu-se com um fenomenal pontapé, e meu amigo Maksch, *o Azul*, apareceu nos apontando duas pistolas.

Pareceu desconcertado ao ver um casal tão tranqüilo ali dentro. Confusamente, com o seu vozeirão, começou a desculpar-se:

— Os senhores me perdoem... É que escutamos o grito de guerra dos sioux e... eu pensei... Mão-de-Ferro! É você, seu safado?... Mão-de-Ferro, aqui! Em pessoa! Já dizia eu que... Ha, ha, ha, ha!

E ele então abraçou-me, batendo em minhas costas de tal maneira, que minha esposa começou a protestar, temendo por minha integridade física:

— Chega, chega! Quer afundar suas costas? — gritou. — Ele ficará imprestável!

Quando ele se afastou de mim, seus olhos brilhavam de emoção por saudar o antigo amigo.

— Quem é essa belezura, seu malandro? Em que rio você a pescou?

— Essa é minha esposa, Max... Clara.

A mudança naquele homem rude e primitivo foi total. No mesmo instante ele endireitou-se, e tentou arrumar seus revoltos cabelos e também suas roupas, exclamando muito agitado:

— Oh! Oh!.. Perdoe-me, rapaz... Eu... achei... Eu... E também a senhora. Não quis ofendê-la. Juro! Deus me livre de ofender alguma mulher honrada. Eu sou um cabeça-dura e... Volto a pedir-lhe perdão, senhora. Eu...

Clara o tranqüilizou, dizendo:

— O senhor está perdoado, senhor Papperman. Os bons e leais amigos de meu marido, também são meus amigos. De agora em diante, considere-se meu amigo, e pode tratar-me com toda a intimidade.

Mais calmos, depois de tanta alegria, ele disse que iria almoçar conosco, e mandou que preparassem a mesa no "jardim".

Como o novo hoteleiro nos pediu pelo menos uma hora para organizar devidamente o almoço, tivemos tem-

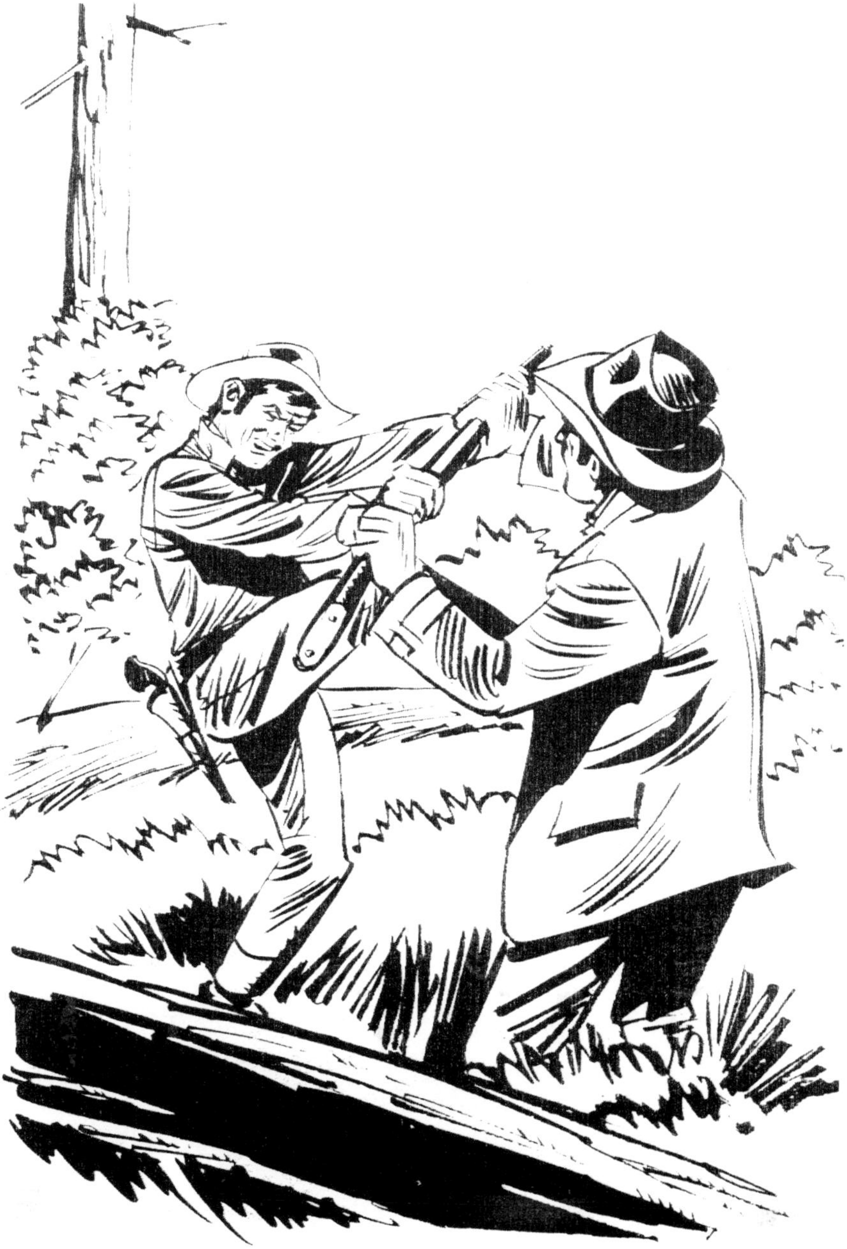

po suficiente para falarmos de muitas coisas e recordar os velhos tempos e nossas aventuras. Mas chegou o momento em que achei oportuno dizer-lhe:

— Faça-me um favor: esqueça que sou Mão-de-Ferro. De agora em diante chamo-me Burton e se perguntarem, diga apenas que sou um caçador.

— E que caçador! O melhor do Oeste! — exclamou Max. — Mas fique tranqüilo: sei mostrar-me surdo e mudo quando quero. Já estou percebendo que se trata de mais uma de suas aventuras, e por mim, ninguém em Trinidad saberá quem você realmente é.

Como nos sobrava tempo e eu queria mostrar a cidade à minha mulher, demos uma volta pelo povoado.

Capítulo II

Quando regressamos, resolvemos nos arrumar um pouco antes de irmos almoçar, e fomos direto para o nosso quarto. E então, os gritos que vinham lá de baixo chamaram nossa atenção.

Ao aparecermos, Clara e eu vimos uma dúzia de jovens sentados numa mesa, com um jarro de aguardente, armando um escândalo infernal porque a única toalha branca que havia no hotel estava posta na mesa onde íamos almoçar.

Pudemos escutar que o mais furioso deles chamava-se Howe, e ele gritava:

— Mas quem diabos é este senhor Burton, que merece tantas deferências?

Papperman levantou os olhos e nos viu. Fez-me um gesto amistoso, e então disse ao jovem Howe:

— Ele é um músico. Toca acordeom e sua mulher o acompanha no violão.

Querendo fazer graça para os seus companheiros, o jovem Howe zombou de Papperman.

— Por que estão dizendo estas besteiras? — perguntou Clara.

— Quando se encontram tipos assim por estas bandas, o melhor a se fazer é não levar em conta — recomendei-lhe.

Esqueci os jovens e suas risadas para fixar-me em uns belos cavalos que absorveram minha atenção por completo. Eram nove cavalos e quatro mulas. Os primeiros eram o que se pode chamar de bons cavalos; as mulas eram seguramente mexicanas, e pertenciam à melhor raça, e seu valor era, pelo menos, de uns mil marcos por cabeça. O outro grupo não contava com mais de três cavalos.

Mas que magníficos exemplares!

Eram malhados, mas não de preto e branco, como são geralmente, mas sim negros e avermelhados, cor que só se consegue obter por meio de uma longa e cuidadosa seleção. Lembravam-me o famoso cavalo negro de Winnetou, e calculei que deviam ser de alguma tribo de índios do Norte.

Junto a uma tenda que os criados terminavam de montar, viam-se mantas e outros utensílios de viagem e acampamento. Também havia muitas selas, e ao contá-las pude calcular que haviam mais de vinte, entre elas algumas de mulher.

Será que havia entre aqueles ruidosos jovens alguma mulher, que eu não estava vendo? Estaria composta sua caravana de tantas pessoas quanto as selas que eu havia contado? Até então eu só havia visto aqueles seis jovens ruidosos e os três criados.

Pelo sim, pelo não, antes de descermos, peguei meus dois revólveres, mas ao pô-los na cintura, minha esposa exclamou:

— Meu Deus! O que está fazendo?

— Nada que deva preocupar-se, mulher!

— Mas não vai precisar de disparar?
— Não, mas se for preciso fazê-lo, não dispararei para matar. Tenha em conta que estamos no Oeste e que aqui, por estas latitudes, usar um revólver é coisa normal, quase obrigatória. Compreende?
— Olhe, olhe... Seria mais prudente comermos aqui.
— Por Deus, Clara, colocaram a mesa para nós no "jardim" e devemos descer; se não o fizermos, sei que isso os tornaria ainda mais valentes. É melhor assim!
Quando já estávamos no "jardim", nos sentamos à mesa sem saudar a ninguém.
— São artistas — nos informou meu amigo.
— Que tipo de artistas, Max?
— Escultores e pintores. Vão para o Sul, para o território dos apaches.
— E o que vão fazer ali? — indaguei.
— Não sei. Não me disseram nada, eu deduzi por sua conversa. Parece que foram convidados por alguém. Seguem viagem amanhã muito cedo. Parecem ter o diabo no corpo! Nenhum deles ainda tem trinta anos e estão cheios de alegria de viver.
Vimos que o jovem chamado Howe adiantava-se a seus companheiros, aproximando-se de nossa mesa, com claras mostras em seu rosto de que havia imaginado alguma travessura com o que divertir-se.
Ao vê-lo aproximar-se, Max Papperman exclamou:
— Pronto!

Capítulo III

Quando o jovem Howe chegou diante de nossa mesa, fazendo uma reverência irônica, perguntou:
— É o senhor Burton?
— Sim — respondi, com uma leve inclinação de cabeça, respondendo à sua irônica saudação.

— Seu amigo nos disse que toca acordeom. Verdade?
— Sim. Ou quer uma demonstração para acreditar?
Ele não respondeu à minha pergunta.
— E esta é a senhora Burton? — disse ele brusco, sem nenhuma delicadeza.
— Justamente.
— Toca violão, é verdade?
— Quem sabe o senhor não quer escutá-la?
— Agora não, mas mais tarde, talvez. Por agora só precisamos disso.

E unindo o gesto às palavras, com um forte puxão arrancou a toalha da mesa, fazendo cair ao chão tudo o que estava sobre ela, e indo para a mesa que ocupava.

— Que atrevimento! Isto é intolerável! — gritou Papperman.

Clara ficou lívida, sem se atrever a pronunciar uma só palavra, e olhando para mim, esperou por minha reação.

— Deixaremos que eles façam o que quiserem — disse, calmamente.

O hoteleiro chegou, trazendo ele mesmo os pratos e os talheres para nos servir, e assim que ele deixou tudo sobre nossa mesa e deu as costas, o jovem Howe repetiu a operação, levando tudo para a sua mesa. O hoteleiro trouxe então a sopeira, e mesmo vendo o que tinha acontecido, nada disse, deixando a sopeira em nossa mesa, que logo foi pega e esvaziada com grande satisfação por aqueles loucos.

E o mesmo aconteceu com todos os outros pratos, entre risadas e deboches.

Max Papperman não fazia nada além de olhar-me, como para calcular quando devíamos entrar em ação, enquanto o desespero de minha esposa aumentava diante de minha atitude paciente.

Sem dar a menor importância a esta situação, eu disse:

— Bem, vamos entreter estes jovens enquanto comem. Assim, se estiver disposta a tocar o "violão", começaremos. O que acha, Max?

Max compreendeu o que eu dizia, mas Clara teve que olhar para minhas mãos, que baixavam para meus revólveres. Ela não havia vivido no Oeste e não podia imaginar que espécie de "música" que meu velho amigo e eu íamos tocar naquele momento para os descarados jovens que tentavam rir-se às nossas custas.

* * *

Mas quando já nos dispúnhamos a levantar-nos, para dar-lhes sua merecida lição, algo mais importante que aquilo nos reteve.

Naquele instante vimos um homem em trajes índios, que se dirigia ao descampado atrás do hotel.

Logo Max exclamou:

— É ele!

— Você o conhece? — indaguei.

— Sim, é Pequena Águia. Faz uns quatro anos que desceu das montanhas, a pé, como agora, e esteve uns dois dias aqui, descansando. O hotel era meu então, e além do traje que vestia, trazia outro novo, de melhor categoria, que me deu para que eu o guardasse, dizendo-me que, se não morresse, viria aqui um ano depois para recolhê-lo. Não trazia dinheiro, e sim pepitas de ouro, mas não em grande quantidade: uns trezentos dólares.

Clara, observando o cansaço e o passo vacilante do jovem índio, exclamou:

— Pobrezinho! Que aspecto de fadiga e desalento!

— Está inteiramente esgotado. Vacila ao andar e até é possível que tenha fome — opinei por minha vez.

— Vou dizer-lhe para sentar-se aqui conosco — animou-se Clara, ao comprovar que tanto eu quanto Max também prestávamos atenção ao índio que se aproximava.

De meu lugar, e já esquecendo o uso que pensava em dar aos meus revólveres, indiquei ao hoteleiro que trouxesse mais comida e outra cadeira, enquanto minha bondosa esposa levantou-se para receber o cansado índio, a quem tomou pela mão e conduziu até nossa mesa.

Naquele instante, o hoteleiro chegou com outra cadeira. Mas o índio, apesar de seu extremo cansaço, não se sentou, e sim ficou a nos observar com seus lindos olhos escuros. E então, olhou para minha esposa e debilmente sussurrou:

— Assim como Nsho-Chi, que era toda compaixão. Estava tão cansado, que nem pensou em soltar a carga que carregava.

Dado à sua falta de forças, e ao peso que levava nos ombros, desmaiou.

* * *

A primeira coisa que fizemos foi liberá-lo daquele peso, que devia ser entre trinta ou quarenta quilos.

Papperman acercou-se da mesa dos jovens e pediu com urgência um copo da aguardente que eles tomavam.

— A aguardente não é para os peles-vermelhas, e sim para os brancos. Saia daqui!

O velho caçador começou a insultá-los, fervendo de ira diante daquela atitude tão desumana; mas eu tranqüilizei meu amigo, dizendo-lhe:

— Não se aborreça, Max. Traga da cozinha um prato de sopa bem quente. Creio que ele precisa mais de comida do que da aguardente.

Minha esposa havia conseguido reanimar o índio, que ao escutar minhas palavras, começou a gritar:

— Aguardente não! Aguardente não! Nunca!

Eu o havia escutado pronunciar o nome de Nsho-Chi, a falecida irmã de meu amigo Winnetou, e isto me fez pensar, além do seu penteado, que ele era apache. Quando Papperman trouxe a sopa, ofereci-lhe amavelmente:

— Tome; isto lhe fará bem.

Pus o prato diante do índio, mas ele não se moveu. Então, Clara pegou a colher e, carinhosamente, como se fosse sua mãe, começou a dar de comer a seu convidado. Ao ver aquilo, uma explosão de gargalhadas e risadas veio da mesa vizinha.

Já começava a me aborrecer com aquilo, e tive que segurar-me para não estourar de vez. Ainda mais quando Howe nos gritou:

— Esta sopa é nossa; mas como somos pintores, renunciamos a ela se nos deixarem pintar este lindo grupo, que poderíamos intitular: "A santíssima caridade ou o índio faminto". Ao trabalho, amigos! Dentro de cinco minutos estará pronto. O último que acabar, pagará a aguardente!

Seus lápis começaram a mover-se rapidamente, e ainda não haviam se passado cinco minutos quando nos apresentaram, muito contentes, nossas caricaturas. Não era o caso de buscar briga naquele momento, e eu disse:

— Magnífico! Quanto vale este quadro?

— Nada! É um presente! — disse Howe, divertido.

— Mas eu sou um homem generoso: não quero que me presenteiem sem que eu mostre minha gratidão. Se algum de vocês quiser retratar-me a cavalo...

As gargalhadas foram gerais, pois eles me consideravam tão pouco, que não pensavam que eu sequer pudesse montar uma mula. E assim, trouxeram o cavalo mais arisco que tinham, ocasião que aproveitei para dizer a Max:

— Corre em busca do hoteleiro e diga-lhe que preciso de três testemunhas importantes! Se for possível, advogados, policiais ou qualquer autoridade que tiverem aqui!

— Ora! Armou algum plano?
— Claro que sim! Chegou a hora de dar uma lição nestes rapazes. Diga-lhes que se instalem em nossos quartos, para que possam escutar tudo o que está acontecendo aqui. Ande logo, Max!

Quando os jovens voltaram com o cavalo, incitando-me entre risos a montar, eu fiz uma boa "comédia". Por três ou quatro vezes, inutilmente tentei montar, sem consegui-lo, e uma das vezes o fiz com tal força que caí do outro lado, o que aumentou ainda mais as gargalhadas. Por fim, montei, e adotei uma postura tão ridícula sobre a sela, que eles exclamaram:

— Está muito bem, senhor Burton! Parece que o mundo é seu, isso sim!

Fingindo-me de ingênuo, perguntei a eles:

— Estou bem, realmente?

— Vamos pintá-lo como se fosse um "herói", senhor Burton. Chegarão a pensar que cavalgou pelo bravo Oeste, como se fosse um excelente cavaleiro!

— E sou, realmente — e eu não estava mentindo ao dizer aquilo, mas as risadas aumentaram ainda mais, comprovando que eles não acreditavam em mim.

Continuei então a brincadeira, e propus:

— Gostaria de comprar-lhe três cavalos e três mulas. Aqueles que estão ali!

— Ah, sim? E quanto acha que valem, já que é tão entendido?

— Darei duzentos e cinqüenta dólares. O que acham?

Eu tinha que fingir não ter a menor idéia de quanto valia um bom cavalo, e com a minha mesquinha oferta, eu o consegui. Mas eles estavam divertindo-se, e Howe propôs, depois de consultar seus companheiros:

— Nada de pagamento, senhor Burton. Os cavalos serão seus se aceitar uma aposta.

— Digam então, senhores.

— Desmonte. O senhor é muito simpático, e nós faremos um trato. Mas terá que nos mostrar que cavalga bem seja sobre um cavalo, seja sobre uma mula. Vamos encilhá-los e o senhor monta e dá um bom galope; mas não pela porta... O senhor terá que passar por cima dos tapumes!

— Saltando? — disse, como se estivesse assustado.

— Mas é muito fácil, senhor! E cada cavalo que fizer passar por sobre o muro... Será seu!

— Não sei, não sei...

— Vamos! Anime-se, homem! Mas que fique claro que, se não conseguir, ficamos com os seus duzentos e cinqüenta dólares. O que acha?

— Eu compreendo: vocês arriscam seus cavalos na aposta, e eu o meu dinheiro.

— Exatamente!

— Vamos fazer um contrato então? — perguntei.

Eles estavam tão certos que, ao tentar saltar, eu seria lançado pelos ares, que não acharam inconveniente algum em escrever tudo, formalizando a aposta que eu, levantando a voz, ditei para eles. Tinha certeza que as testemunhas que eu havia requisitado estavam nos escutando lá em cima, e no momento em que assinamos os papéis, já considerava os cavalos como se fossem meus.

Minha esposa me olhava divertida, esperando agora sua vez de divertir-se com os jovens impertinentes. O índio, que continuava em nossa mesa, parecia estar refeito depois de comer, e não desgrudava seus grandes olhos negros de tudo aquilo.

— Agora, ao cavalo, senhor Burton! E tenha cuidado com seus ossos! — animou-me Howe.

Todos saíram então do jardim, e eu fui atrás deles, com lentidão estudada, ficando um pouco para traz, mas não o suficiente para escutar o que os criados que vigiavam os cavalos comentavam. Com respeito a eles devo dizer que me surpreenderam, já que eu achava que eles eram mexicanos. Na verdade eles eram ianques, e pelo jeito humildes e dóceis serviçais. E enquanto os jovens arrumavam os cavalos, colocaram-nos a par de nossa aposta.

Eles também deram boas risadas, e um deles disse:
— Que pena que Hariman e Sebulon não estejam aqui! Eles iriam dar boas risadas!

Eles não podiam saber o efeito que aquelas palavras me produziram, mas continuei com minha farsa, rogando ao jovem Howe:
— Ajude-me a montar, por favor.
— Nós o ajudaremos, senhor Burton. Será uma honra ajudá-lo, enquanto ainda está inteiro! Vamos, senhor Burton! — animavam-me. — Salte de uma vez!

* * *

A farsa havia terminado, e tomando impulso, recordando meus melhores tempos de cavaleiro no Oeste, fiz o animal saltar sobre o local onde haviam indicado.

Pude ver que o índio ficava absorto diante desta proeza inesperada.
— Maldição! — exclamou Howe, furioso.

Seus camaradas agruparam-se em torno de mim, com a reprovação em seus olhos. Já não sorriam mais e, fingindo-me de ingênuo novamente, perguntei-lhes:
— Que tal, meus amigos?
— Vá para o inferno! Você nos enganou! Sabe montar a cavalo! — exclamaram todos, de uma só vez.
— Eu não os enganei. Disse-lhes que era um bom cavaleiro. Não tenho culpa se vocês não acreditaram, senhores.

Desmontei e levei a mula até o pátio do hotel, sem fazer caso do transtornado Howe, que dizia:
— Por que está levando este animal?

Não me dignei a responder-lhe. Fiz um sinal para Clara, e saí em busca da segunda mula para repetir a operação. E em pouco estava dando um salto tão perfeito quanto o primeiro.

— Chega de brincadeira — exclamou Howe, seguido por seus companheiros.

Mas continuei sem fazer-lhe caso. Levei a segunda mula para o lugar onde estava a primeira e disse para minha esposa:

— Enquanto continuo saltando, diga que desçam com nossa bagagem, e que a coloquem aqui.

Mas quando cheguei onde os criados estavam com os outros cavalos, um dos homens encarou-me desafiadoramente, dizendo:

— Está pretendendo rir-se de nós?

— Não faço nada além do que todos vocês estiveram fazendo até a pouco! Só que agora o jogo mudou. Isso é tudo.

— Esta brincadeira poderia converter-se numa tragédia.

— Isto dependerá da esportividade de vocês, amigo.

E firme no meu intento, peguei outra mula, que meu amigo Max já me oferecia pelas rédeas. E não sei se foi por minha atitude imperiosa, ou porque tinham a esperança de que num dos saltos eu caísse estatelado no chão, o caso é que nada fizeram para impedir, e com o terceiro animal eu voltei a plantar-me dentro do pátio do hotel, depois de saltar perfeitamente, novamente.

Ao aterrissar ali, vi que o hoteleiro já havia descido com minha bagagem, e que se mostrava muito contente, porque a aposta e minha exibição havia aumentado a freguesia. Muitos curiosos estavam ali reunidos, conversando, comentando e divertindo-se, e enquanto isso bebiam.

Então, dirigi-me a Clara:

— Tire da bagagem minha roupa índia do conselho.

Ela abriu uma das malas e tirou dela a roupa indíge-

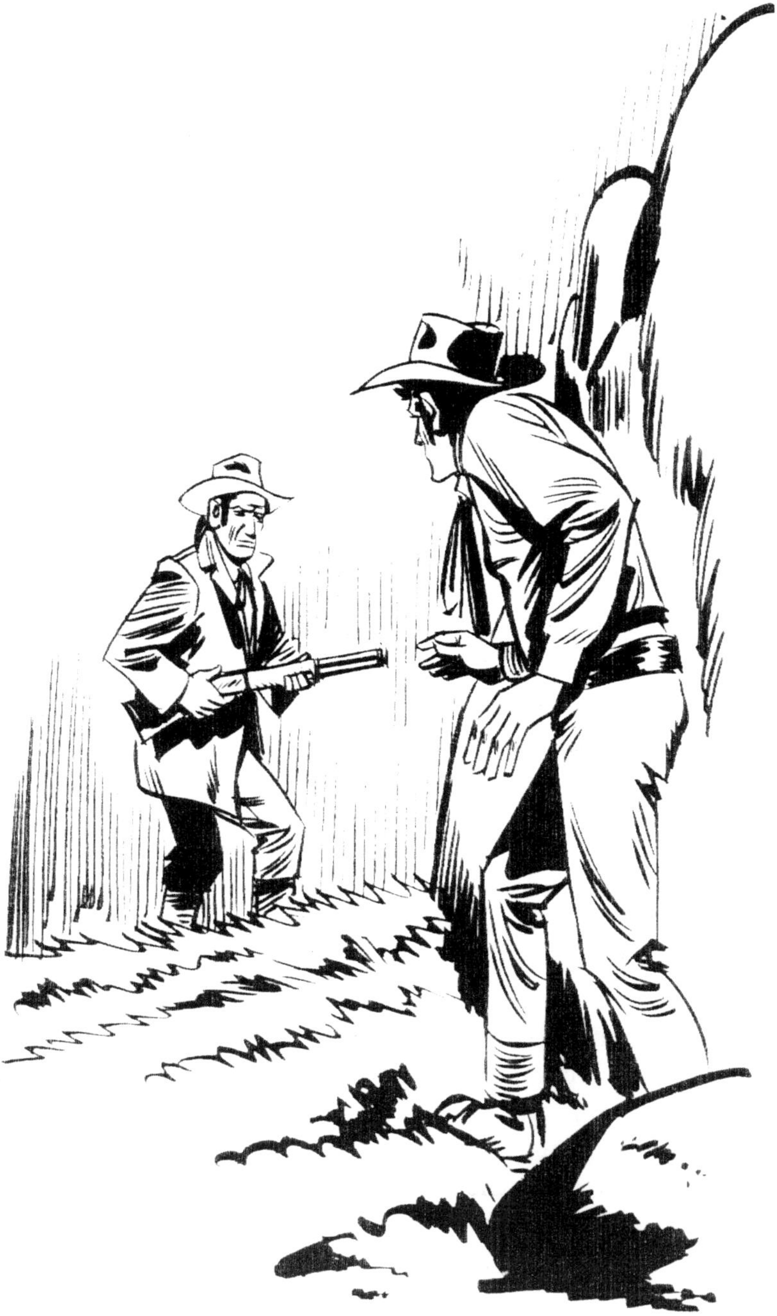

na que eu tinha, de couro branco, com adornos de mechas de cabelos nas costas. Ao ver isto, o jovem índio que havíamos ajudado exclamou:

— Só quem pode usar este traje é um chefe, e mesmo assim, só na fogueira do conselho!

— Eu sei — lhe disse. — Não estamos aqui na fogueira do conselho, e só para ganhar a estes cavalos vou revelar um segredo, cujo significado felizmente não se conhece aqui. Não diga mais nada, amigo.

Assim vestido, aproximei-me dos três magníficos cavalos que havia escolhido.

O primeiro, de pêlo brilhante e sedoso, e linhas de insuperável pureza, decidi reservar para mim. Aproximei-me e o montei, e então dei duas voltas a galope. Quando o lancei contra o obstáculo, o salto foi tão habilidoso e leve, como se o cavalo estivesse pulando sobre algo bem baixo.

Em todo o jardim soaram aplausos entusiasmados, ainda que o seis "artistas" estivessem sérios. Levei o cavalo aonde havia deixado as mulas e, sem perda de tempo, montei o segundo cavalo, com o qual repeti toda a operação.

Quando me dirigia para o último deles, para assim ganhar limpa e honradamente a aposta, um dos criados me disse, encolerizado:

— Por que insiste nisso? Pode dar-se muito mal, sabia?

— Porque vou dar-lhes uma boa lição — repliquei no mesmo tom de voz.

— Muito bem: já conseguiu humilhar estes jovens rebeldes. Mas agora chega desta brincadeira.

— Preste atenção: temos uma aposta firmada, e eu devo cumpri-la.

— Está enganado! Não conseguirá este cavalo!

Furioso, em duas passadas, plantou-se na frente do nervoso animal, que relinchou de modo ameaçador e levantou as patas dianteiras. Eu aproveitei a confusão do homem para saltar sobre o animal, segurando-me firmemente na sela para que ele não me lançasse ao chão.

O arisco cavalo começou a cabriolar, avançando e recuando, até que se convenceu de que a batalha seria vencida pelo cavaleiro, e não por ele. Eu evitei castigá-lo com as esporas, para que ele não se irritasse ainda mais, e tomasse confiança em mim.

Eu era entendido em cavalos, devido aos muitos anos que havia passado no Oeste, e havia percebido que aquele cavalo devia ter vindo de alguma cruza com as éguas dos índios dakotas. De maneira que me pus a falar-lhe nesta língua, dirigindo-lhe palavras estimulantes, que se empregam nestes casos:

— *Shuktanka, wachteh. Tokiya, tokiya.* (Seja bom, seja bom, cavalinho querido. Corre, corre!)

Não acertei, infelizmente, mas sem desanimar, empreguei o apache:

— *Yato, yato... Taticha, taticha.* (Seja bom, seja bom! Corre, corre!)

Eu o vi endireitar as orelhas, agitar o rabo e, dando-me a entender que compreendia aquelas palavras, animou-me a prosseguir:

— Ena, ena, Galak! (Anda, anda!)

Pouco a pouco, fui ganhando sua confiança. Aquilo era o que eu queria. O salto foi perfeito e elegante. Muitos dos presentes, assombrados, gritavam:

— Ele ganhou! Ele ganhou! Os cavalos são deste homem!

— Ora, ele é um excelente cavaleiro!

Mas quando eu levava meu último troféu para junto dos outros, o jovem Howe adiantou-se furiosamente, ordenando-me:

— Alto aí! Estes animais nos pertencem! Terá que devolvê-los.

A confusão estava armada.

E o enfrentamento era inevitável.

Capítulo IV

Aquilo não me agradou, e eu gritei-lhe:

— Quieto! Tire as mãos do "meu" cavalo! E vou contar até três!

E levei minhas mãos às armas, ainda que sem desembainhar os revólveres, disposto a evitar o pior, comecei:

— Um!... Dois!... Três!

Como ele não soltasse as rédeas do animal, eu devia cumprir minha ameaça e disparar sobre ele. E em vez de sacar e disparar, como todos esperavam, e até mesmo teriam aplaudido, limitei-me a dar um tremendo soco naquele insolente jovem, derrubando-o.

Howe, assim que recuperou-se do meu golpe, e rodeado pelos seus companheiros, dispôs-se a empregar as armas. Graças a meus reflexos, que não me traíram, pude adiantar-me a eles, sacando meus dois revólveres e gritando ameaçadoramente:

— O primeiro que mover um só músculo, leva chumbo!

Todo mundo ficou quieto.

Mas de repente, um tumulto agitou as pessoas, e vi um homem abrindo caminho em minha direção.

— O prefeito! O prefeito!

Com voz firme, ele disse diante de todos:

— Guarde suas armas. Já não são necessárias, porque encarrego-me deste assunto. Os cavalos e mulas são seus, senhor Burton. E como ganhou uma aposta formalizada, devolverão também o seu dinheiro.

— Isso não é justo! — gritou o criado, que havia ajudado Howe a levantar-se depois do meu golpe.

— É sim! E como eu já disse, chega! Com respeito ao senhor, terei muito gosto que diga seu nome!

— Meu nome? — exclamou o interrogado, vacilante.

— Para que? Acha que estamos usando nomes falsos?

— Eu, pelo menos, o conheço por outros dez nomes, amigo. Ainda que seu nome verdadeiro seja Corner. E se está se referindo aos nomes falsos que já usou, direi, se é que isto lhe interessa, que com o último foi condenado por roubo de cavalos em Springfield, conseguindo escapar do cárcere, como das outras vezes, com a ajuda de seus amigos.

— Isto não é verdade! Isso é uma calúnia e terá que prová-lo! Sou um homem honrado, que jamais foi contra a lei.

O prefeito apontou um de seus policiais, que ironicamente saudou Howe, ou Corner, seja como fosse:

— Olá, Corner! Não está lembrado de mim? Fui eu quem o capturou em Springfield.

Desmascarado, o homem correu desesperadamente para onde havia deixado os cavalos. A exclamação de todos foi geral:

— Peguem-no! Não deixem o safado escapar.

Seus cúmplices também tentaram fugir, mas saí correndo no mesmo instante para persegui-los.

Só consegui pegar um deles. Quis resistir e até tentou disparar, mas Max chegou naquele instante e com um bom murro, colocou-o no chão.

Seus companheiros, no entanto, disparando para o alto, conseguiram chegar até os cavalos, fugindo, demonstrando que estavam bem acostumados com aquela situação.

Ao menos tínhamos um deles para aclarar as coisas e interrogá-lo.

Capítulo V

O prisioneiro voltou-se furiosamente para onde seus covardes comparsas fugiam, e gritou cheio de cólera e desilusão:

— Miseráveis! Fugiram como mulheres! O que será de mim?

— Vai depender de seu comportamento — anunciou o prefeito.

Foram muitos os voluntários que se lançaram em perseguição aos fugitivos.

Ali só ficaram Max e eu, o hoteleiro com sua gente, o jovem índio e Clara.

Mas eu segui os dois policiais que levavam o detido, rogando-lhes por minha conta:

— Podem ir ajudar seus companheiros, se assim o desejam. Eu capturei este safado e posso vigiá-lo. O que acham?

— Bom... Esta não é uma má idéia, senhor Burton! Nós vamos deixá-lo aqui então.

Quando foram embora, disse ao prisioneiro, seguro fortemente por Max:

— Escute-me bem, e é possível que nós o deixemos livre, dizendo que conseguiu escapar.

Ele me olhou com esperança, indagando:

— Fará isso mesmo, senhor?

— Sim. Mas isso depende de você.

— Pois pergunte o que quiser.

— De quem são estes magníficos cavalos?

— De uma granja... De uma granja de um tal de Mão-Certeira. Não sei se o senhor o conhece. Está..

Não disse que o conhecia bem, e desde muito tempo. Interessavam-me outras coisas e continuei meu interrogatório:

— E as mulas?

— Também.
— Foram roubados, é claro...
— Bom, roubados, roubados... não. Foi um pequeno logro. Corner sabia que os melhores cavalos e mulas de Mão-Certeira estavam reservados para um alemão, amigo seu, que pelo visto estava vindo visitá-lo. Também esperava a uns jovens pintores e escultores, que iam equipar-se ali para uma viagem a cavalo até o país dos apaches, pelo visto para fazerem uma grande exposição. O jovem Mão-Certeira os havia convidado; mas ele partiu antes com seu pai, o dono da granja, como já lhe disse. Então nós nos apresentamos, e fingimos ser os artistas em questão, entendeu?
— Continue!
— O administrador de Mão-Certeira acreditou em nós e nos deu tudo o que quisemos. Por isso nos apresentamos aqui como artistas, e isso é tudo, senhor. Vai me soltar agora?

Vacilei uns instantes e ele implorou:
— O senhor deu sua palavra! Não creio que seja homem de não cumpri-la!
— Certo. Pode ir embora!
— Muito obrigado, senhor Burton! Nunca o esquecerei! Mas claro... Já não tenho cavalo e...
— Isso é problema seu!
— Por que não me cede uma dessas mulas?
— Vocês as roubaram. Nem pense nisso!
— Está bem! Está bem! Não se aborreça por isso. Mas repito-lhe que sem cavalo não posso ir a parte alguma. Se me pegarem, vão me enforcar. Isso não pesará em sua consciência, senhor?
— Nem um pouco, meu amigo. E vá embora já, antes que eu me arrependa, safado!

Mas antes, o malandro teve que me pagar toda a despesa feita por ele e seus amigos com o hoteleiro.

Papperman o pegou pela orelha e...

— E nada mais de roubar cavalos em cidade e fugir! Ande! Não quero lixo dentro da minha casa!

Ele afastou-se correndo, de tal forma que nos fez rir.

A aventura não havia terminado de todo mal. Podíamos nos sentir satisfeitos e tranqüilamente pudemos terminar de comer.

Já era hora!

No Local da Reunião

Capítulo Primeiro

Depois de almoçarmos, decidi que o jovem índio poderia acompanhar-nos em nossa viagem, já que ele havia dito que também ia rumo ao Sul.

Max estava encantado de reunir-se com um bom amigo, depois de tantos anos, e nos pediu insistentemente para o deixarmos unir-se ao grupo, o que eu objetei, mas o cabeça-dura, sendo muito simpático com Clara, conseguiu que minha esposa interviesse em seu favor.

— Estou adorando estar novamente com o grande Mão-de-Ferro! — disse ele, com sinceridade, quando lhe dei permissão para nos acompanhar.

No mesmo momento vi que minha identidade havia sido descoberta por Pequena Águia, que com um sorriso nos tranqüilizou:

— Não revelarei a ninguém o que eu já intuía; só o irmão de sangue do grande Winnetou poderia montar como o senhor fez, e calculei que era na verdade Mão-de-Ferro, senhor "Burton".

E nada mais disse. Soube que Pequena Águia e Max sabiam onde era o Púlpito do Diabo e como nos dirigíamos em princípio para este local, deixei uma nota no hotel, para quando os irmãos Santer chegassem:

"Cumpri minha palavra e os esperei aqui. Conheci seus amigos, Corner e Howe. Por isso estou indo embora antes do pretendido. Apesar disso, mantenho o prometido: se agirem com honradez, nós nos encontraremos e eu os guiarei aos lugares que desejam ver.

Burton."

Na manhã seguinte, depois de nos "desculparmos" com o prefeito de Trinidad por nossa pouca habilidade ao deixar que "escapasse" o prisioneiro, saímos da cidade em direção ao Oeste. Corajosamente atravessamos as gigantescas montanhas do Rato, atrás das quais começa o grandioso vale do Purgatório e ao lado da cordilheira, enorme e complicada, de Spanish Peak.

No terceiro dia paramos nas margens de um límpido riacho, e não sei porque, comecei a falar enquanto comíamos, das diferenças entre a beleza das grandes pradarias e das montanhas. Seguindo fielmente o costume indígena, o jovem Pequena Águia escutava em silêncio, até que disse:

— Amanhã terão o exemplo desta diferença bem acentuado, porque chegaremos a um "lago plano" que está situado entre altíssimas montanhas. Seu nome é Kanubi.

— Já escutei falar: fica no estado de Massachussets. O lago de Kanubi parece ter representado um papel muito importante no passado de algumas tribos índias, especialmente os sénecas. Suas águas, que brilham ao sol, suas ilhas e suas margens, cobertas de lindos bosques, eram o local mais apropriado para servir de refúgio à tribo.

De tarde continuamos subindo pela montanha, muito íngreme, o que requeria todo o esforço de nossa montaria. Ao chegarmos ao plano contemplamos um grande planalto que se estendia aos nossos pés em direção ao Oeste. O sol estava se pondo e seus raios resplandeciam no meio da planura do que parecia um imenso diamante, rodeado por uma coroa de esmeraldas, cujos contornos lançavam vivas faíscas.

— Esse é o lago Kanubi — disse-nos Papperman. — Mesmo produzindo esta sensação de estar muito próximo de nós, demora-se mais de três horas para se chegar onde ele está. Acamparemos para passar a noite no mesmo lugar onde o fiz pela primeira vez que estive aqui.

Ele nos guiou até um espaço cercado por três lados, onde nos dispusemos a deixar nossas coisas e depois de jantar, passarmos a noite. Talvez a proximidade do lago Kanubi tenha despertado velhas recordações em meu amigo Max porque, antes de iniciarmos uma conversa, ele pôs-se a falar consigo mesmo, como se tivesse voltado ao passado.

— Há muitos anos, quando me aproximei deste lago, descobri um povoado e seus habitantes viviam aqui sem preocupação alguma, porque nada pareciam temer. Aquele parecia ser um dia consagrado ao descanso e, aproximando-me com cautela por entre o matagal, vi a moça mais linda que estes meus velhos olhos já...

Fez então uma pausa e perguntou:
— Estou os aborrecendo?
— Não, Max... Continue, por favor — eu o animei a continuar seu desabafo.

Capítulo II

Pausadamente, Max continuou suas recordações:
— Aquela moça estava sentada num alto bloco de pedras que havia nas margens do rio. Olhando para o Leste, onde o sol acabava de nascer, e levantando os braços, exclamou com entusiasmo:
"— Oh, Manitu! Oh, Manitu!
"A jovem não disse mais nada, mas asseguro-lhes que nunca mais ouvi prece mais fervorosa do que aquela. E eu, como que magnetizado por ela, fui ao seu encontro lentamente, para não assustá-la. Ela não manifestou te-

mor por mim e me olhou profundamente com seus belos olhos cheios de expressão. Aquilo me animou e eu perguntei como ela se chamava, ao que ela me respondeu: "Meu nome é Achta", que em linguagem índia quer dizer "boa". Pertencia à tribo dos sénecas e o pai da moça era o "homem da medicina" entre eles."

Max interrompeu-se um momento, soltando um suspiro profundo, e então continuou:

— Que tempos gentis aqueles! Mas entre os caçadores brancos que freqüentavam as cercanias do lago Kanubi, estava o malvado Tom Muddy, que vinha ali com um jovem sioux dos oguelálas, que estava aprendendo com o pai de Achta a ciência secreta da raça índia. Ninguém sabia onde aquele índio morava, mas eu achava que sua choça estava perto de um dos afluentes do Purgatório; era um sioux de presença digna, muito pacífico, apesar de saber utilizar todas as armas. Não era estranho que a bela Achta o preferisse a todos os demais, inclusive a mim. Mas eu nada soube até que Tom Muddy veio me dizer isso, talvez para ferir meu secreto amor por aquela mulher...

"Até que um dia, ao voltar de uma longa jornada de caça, soube também por Tom Muddy, que o sioux oguelála tinha pedido ao pai de Achta o consentimento para roubá-la..."

— Roubá-la? — interrompeu minha mulher. — Por que isso?

— É um costume índio, que seu marido poderá explicar-lhe — disse Papperman, gentilmente.

— O pai e a mãe criam suas filhas a custa de muitas noites de insônia, a força de grandes sacrifícios — expliquei a Clara, para que ela compreendesse aquele costume. — Depois vem um homem estranho e a leva, roubando dos pais a maior parte do coração de sua filha, que segue de bom grado aquele homem, sem saber se ele a merece. Esta circunstância se exterioriza na maneira de fazer-se as promessas de casamento índios. A filha dispõe-se a se deixar roubar, mas os pais fazem todo o possível para impedir isto. Fecham a moça, ocultam-na e passam a vigiá-la constantemente. O prometido se esforça o mais possível para levá-la, usando a astúcia; mas se não o consegue, apela para a força. Estabelece-se então uma interessante luta entre a sagacidade de uns e outros, e toda a tribo se envolve, para saber de todos os detalhes e também participar nela em favor de um ou outro partido. Chega-se nestes casos a prodígios de astúcia e valor, onde o noivo mostra o que a tribo pode esperar dele, tanto na paz quanto na guerra. Compreendeu?

Clara aprovou:

— Muito bem! Não me parece tão ruim quanto antes.

Animei novamente Max que prosseguisse com seu relato, e meu amigo continuou:

— Quando Tom Muddy me disse aquilo, pareceu-me que havia recebido um forte golpe na cabeça. Comecei a sentir uma espécie de enjôo e fiquei atordoado. Muddy, em troca, estava furioso, porque ele também queria a jovem. Jurou que o jovem sioux não levaria Achta e que ele se encarregaria de impedir isto pessoalmente. Havia tramado disparar sua pistola, carregada só com pólvora, dizendo-me: "Então ela já não terá vontade de ser sua mulher". Fez-me jurar que eu não diria a ninguém sobre seus planos, pois se eu assim o fizesse, também iria disparar contra mim.

"Eu, naturalmente, apesar da minha palavra, achei que deveria informar sobre o que Muddy tramava. Assim o fiz, e o resultado... Ele me destroçou a cara, e desde então, por causa da mancha que a pólvora me causou, chamam-me Maksch, o *Azul*!

Tornou a fazer uma pausa, antes de terminar seu relato:

— Desta forma, o disparo de pólvora que estava destinado para o noivo de Achta, eu o recebi, e passei muito tempo na cama para recuperar-me de todo. O jovem oguelála havia conseguido roubar a moça, e a levou para sua tribo. Pouco depois, a tribo de Achta foi atacada por aventureiros brancos, sendo completamente exterminada.

— Nunca mais viu a moça? — quis saber Clara.

— Nunca, mas soube que ela era muito feliz.

Ao escutar Max dizendo isto, perguntei-lhe vivamente:

— Sabe o nome deste sioux oguelála?

— Sim, chama-se Wakon.

— Veja só, eu o conheço também, mesmo nunca o tendo visto. Sei que consagrou sua vida ao estudo da raça índia, escrevendo sobre ela obras que muito poucos conhecem, porque não quer publicá-las até que tenha terminado o último tomo.

Pouco depois nos retiramos para descansar, ficando minha esposa na tenda que montamos no acampamento, enquanto nós dormíamos a céu aberto, sob as estrelas.

Mas deu-se a casualidade que, ou por causa da esplêndida noite, ou por causa da história que Max nos havia contado, nenhum de nós conseguiu dormir, e novamente nos reunimos junto à fogueira, propondo minha esposa:

— E se levantássemos acampamento e nos aproximássemos do lago?

O primeiro a aceitar foi o próprio Max, que gritou:

— O que estamos esperando, se não conseguimos dormir? Isso nos fará ganhar tempo.

Pequena Águia e eu também aceitamos a idéia. Antes que o dia começasse a nascer, chegamos às margens do formoso lago, que era realmente uma maravilha. Mas não tivemos muito tempo para nos entretermos com aquela beleza. À nossa direita encontravam-se os restos do que havia sido as casas dos sénecas exterminados, iluminadas pelos primeiros raios de sol. A brisa da ma-

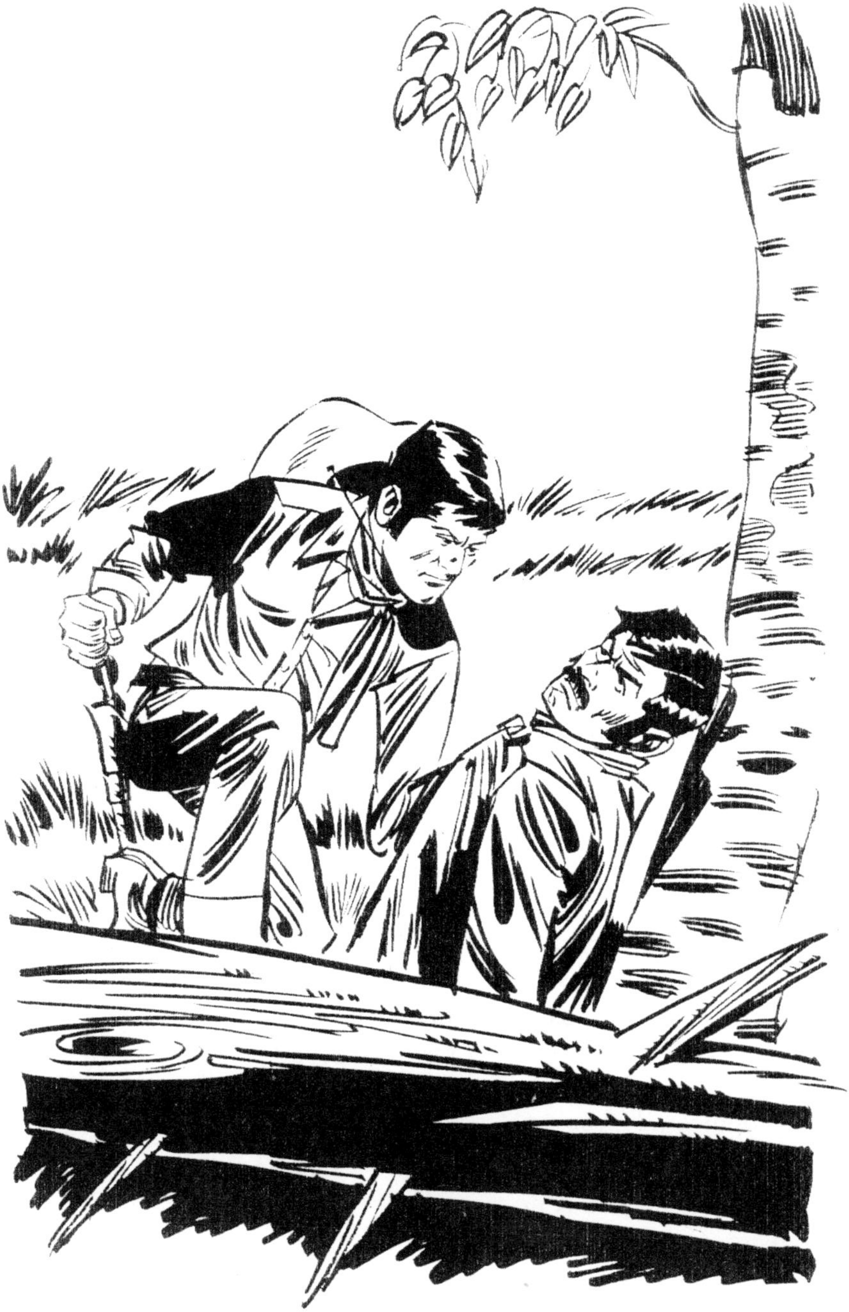

nhã ondeava a superfície do lago, que era de um verde-azulado.

E à nossa esquerda, em um ponto onde as árvores quase tocavam a margem do lago, a alta pedra, branca e lisa, sobre a qual nos havia falado Max, continuava ali.

Uma jovem índia, exatamente igual a que nos havia descrito em sua história o meu velho amigo, parecia contemplar sobre a rocha o nascer do sol. As penas que adornavam seu cabelo cintilavam em todas as cores aos raios do sol, mas a moça não olhava para o filho do deus Manitu, como na narração de Max.

Ela havia nos visto chegar, e cravou em nós seus grandes, profundos e escuros olhos, e então nos sorriu.

Não era aquilo maravilhoso?

Uma Maravilha da Natureza

Capítulo Primeiro

Surpreso, Max aproximou-se dela e surdamente perguntou:
— Como se chama?
— Chamo-me Achta — respondeu a moça, exatamente o mesmo que a outra donzela havia dito há muitos anos atrás.
— Que idade tem?
— Dezoito verões.
Max Papperman, confuso, vivamente emocionado, passou as mãos pelos olhos, e exclamou para si mesmo:
— Não... Não pode ser! Você é outra... Mas tão semelhante!
— Fala de minha mãe, talvez? — tentou averiguar a bela moça índia. — Dizem que eu pareço muito com ela.
— Como se chama a sua mãe?
— Achta, assim como eu.
— E seu pai?
— Wakon. Vivemos ao norte daqui, junto ao rio Niobrara.
Olhou então para Max e perguntou, confiante:
— Conhece meus pais?
— Sim, Achta, eu estava aqui quando ele a roubou...
— Dê-me sua mão, homem branco.
A jovem então beijou ternamente a mão do velho.
— Foi você então o salvador de meu pai, aquele que

se sacrificou para que minha mãe fosse feliz com ele. Por que não nos veio visitar antes? Meus pais sempre falam muito de você.

Não estranhei ao ver meu rude amigo emocionado. Lágrimas rebeldes escorriam por sua face curtida, enquanto ele dizia:

— É verdade o que está dizendo?

— Sim, muitas vezes. Falam-me de você e de outro branco, que se fazia chamar por Tom Muddy, mas cujo verdadeiro nome era Santer...

Todos nós olhamos espantados para a moça, e ela então interrompeu-se. Mas não compreendendo nossa troca de olhares, continuou:

— Agora devo ir-me reunir com as demais; viajamos porque temos que nos reunir em um local.

— Onde irão reunir-se, Achta?

— Isso não me é permitido dizer.

Mas as surpresas ainda não haviam terminado para nós, já que Pequena Águia, apontando a parte esquerda de seu peito, onde tinha uma estrela de pérola de doze pontas costurada, disse à moça:

— Pode nos informar, porque olhe! Sou seu irmão!

A moça aproximou-se imediatamente, perguntando:

— Você é um winnetou?

— Sim.

— Oh! Pois Achta é uma winnetou; nós dois levamos a estrela do grande Winnetou e somos por conseguinte irmãos. Eu sou uma sioux oguelála. E você?

— Um apache da tribo dos mescaleros.

— Então... Você é da mesma tribo de Winnetou! Diga-me seu nome. Ou ainda não o tem?

— Tenho! Eu me chamo Pequena Águia.

— Oh! Sabe-se que o discípulo predileto do famoso Tatellah-Satah leva este nome, que ganhou em sua infância, na época em que os outros ainda precisam de muitos anos para obterem seus nomes. Você o conhece.

— Sim... Sou eu, o primeiro a quem Tatellah-Satah permitiu ostentar a estrela de Winnetou.
— Não é possível! Falaram que você tinha desaparecido!
— Assim foi, para buscar a argila sagrada do cachimbo da paz, e para cumprir outra difícil missão! E triunfei! Faz quatro anos que saí da montanha Winnetou e suspeito que estamos indo na mesma direção. Virá conosco, Achta?
— Você assim o deseja?
— Sim, dê-me sua mão.
— Tome as duas!

Assim ela fez, cravando seus lindos olhos no rosto sério e másculo do índio, que pouco depois voltou-se para nós e disse:
— Manitu nos trouxe até aqui. Juntos iremos ao Púlpito do Diabo!

Mas a moça pareceu vacilar e, fiel a sua promessa de reunir-se às outras mulheres de sua tribo, disse que devia separar-se de nós momentaneamente, mas com esperanças de encontrar-nos novamente.

E sem mais palavras, saltou como uma gazela, correndo até onde havia deixado seu cavalo oculto, e nós a vimos afastar-se a galope, como se fosse uma frágil pluma carregada pelo vento.

* * *

Como era Max quem mais parecia conhecer aquele lugar, deixamos que o experiente caçador nos guiasse. Quando chegamos ao local indicado por ele, levantamos nosso novo acampamento. Enquanto os demais descansavam da fatigante jornada, eu decidi investigar o local.

Mas ao escutar-me andando por ali, Max também abandonou seu descanso e me acompanhou na exploração, à qual pouco depois juntou-se Pequena Águia que, como uma cabra montês, sem mostrar nenhum esforço, começou a subir por aquelas paredes de pedra, até o alto, onde se via o céu.

Nós o vimos chegar ao alto sem grandes dificuldades e dali ele nos gritou:

— Uf! Vejo uma coisa milagrosa.

— Não grite! — eu o adverti. — Não sabemos se tem alguém por perto.

— O que está vendo daí de cima? — quis saber Max.

— O Púlpito do Diabo...

— Não pode ser! — dissemos eu e Max ao mesmo tempo.

Mas para não deixarmos dúvida, acordamos Clara, para que ela nos acompanhasse, e os três, com mil esforços e suando muito, começamos a subir por aquela larga e gigantesca espécie de chaminé de pedra.

Max logo desistiu:

— Nunca fui bom nisso; para mim, dêem-me um caminho plano e um bom cavalo. Vocês podem subir aonde quiserem! Depois me contem!

Quando, quase sem fôlego, chegamos ao lugar onde o índio nos esperava, contemplamos uma vista realmente maravilhosa. Confesso que nunca havia visto o Púlpito do Diabo, mas fiquei completamente convencido de que o tinha diante de meus olhos. E assim o gritei para Max, que novamente começou a subir para reunir-se a nós.

Demorou muito para consegui-lo e quando olhou para o panorama, Pequena Águia disse-lhe em tom de brincadeira:

— É ou não é o Púlpito do Diabo?

— Deus meu! Certamente que é!

Imagine-se um terraço, cujas varandas são formadas por grandes massas de rocha, cobertas de árvores e espessas plantas, de maneira que abaixo não se pode ver quem está ali. Pois estávamos naquele terraço e muito abaixo via-se o que se chamava de Púlpito do Diabo.

Para descrever esta maravilha, me permitirei fazer uma pequena comparação. As panelas que se usam para cozinhar peixe têm forma de elipse. Pois bem, tínhamos aos nossos pés uma gigantesca panela deste tipo, tão perfeita como se a mão do homem a houvesse entalhado na rocha pura. Como pude ver depois, o trabalho do homem havia efetivamente cooperado com a obra da natureza, ainda que em tempos tão remotos que suas paredes, a princípio cortadas em picos e desnudas, ofereciam naquela ocasião uma infinidade de fendas, arestas, proeminências, vãos e outros acidentes, devido à constante ação das intempéries. Em tudo isto havia brotado árvores e grama. Também o fundo da panela estava coberto pela vegetação, na qual observei algumas coisas: a primeira, é que aquela vegetação não era obra da natureza, e sim do homem, pois o chão era de rocha pura, e forçosamente devia ter sido preparado. As árvores, algumas delas de tronco bem grosso, não tinham copa, e se alguma a tinha, estava seca, mostrando que nutriam-se de uma delgada camada de terra. Quando mais tarde pude examinar aquele solo, vi que debaixo da tênue camada de terra, estavam lajes de pedra.

Para que se fez tudo aquilo?

Talvez fosse esse o primeiro problema que se apresentava ao observador atento e perspicaz.

A outra circunstância que surpreendia ao observador era a de que em uma terça parte daquela vegetação o homem não havia posto a mão, enquanto que os outros dois terços ofereciam sinais de terem sido utilizados por ele, e com bastante freqüência. A divisão entre as duas regiões era claramente visível; parecia como se houvesse uma proibição de se pisar naquela parte.

E agora vou dizer o que havia de mais interessante. Na superfície da elipse, perfeitamente plana, havia duas elevações artificiais bem grandes, como se ao construir a caçarola, houvesse existido o propósito de se formar um lago, no qual sobressaíam duas ilhas. No transcurso do tempo a água, entrando e saindo da caçarola, havia escavado as paredes, terminando por chegar ao fundo, com o que o lago havia ficado seco.

Aquela obra denotava que nos longínquos tempos primitivos viveu ali uma raça muito superior ao que foram as gerações posteriores. O lago agora estava seco; mas as duas ilhas existiam e curiosamente, estavam situadas justamente nos dois focos da elipse. Aquilo não podia ser obra da casualidade e me interessou vivamente.

Supus que seria para aproveitar o fenômeno da acústica. E tive certeza disso ao escutar Pequena Águia dizer:

— Este é o Púlpito. Estamos na parte mais alta. Há na realidade dois púlpitos, mas os caras-pálidas não conhecem mais que um, ao qual chamam de Púlpito do Diabo. Se conhecessem o outro, o chamariam de Púlpito do Bom Manitu. Os peles-vermelhas chamam a este Cha Manitu (o Ouvido de Deus), e aquele de Cha Kehtikeh (o Ouvido do Diabo).

Prestei bastante atenção nas suas palavras, e o índio prosseguiu:

— Este lugar é sagrado para todo pele-vermelha, e só destina-se a grandes assembléias, às quais assistem as diferentes nações. Ninguém se atreve a pisar a parte oriental deste lugar, porque ali habita o mau espírito.

— E acredita que jamais, nunca, durante séculos e séculos, ninguém pisou ali, onde está dizendo?

— Acredito! — respondeu ele, com firmeza. — Ninguém seria tão louco.

— Pois aqui tem um louco. Porque eu vou descer!

Todos ficaram boquiabertos.

Capítulo II

— Descer ali, senhor? — disse por fim o jovem índio.

— Sim, e gostaria que acompanhasse a mim e a minha esposa, para que você visse que isso não passa de uma simples superstição.

Para nosso espanto, ele decidiu:

— Eu o farei! Estive quatro anos entre os caras-pálidas e aprendi muito com eles. E se Mão-de-Ferro e sua mulher vão descer, eu também vou!

— Você ficará aqui, Max.

— E por que? Max Papperman, apesar desta cara de condenado, não é um homem digno para acompanhá-lo?

— Não fale bobagens. Mas podemos precisar de você aqui em cima, porque tenho uma idéia. Sabemos que o inimigo irá reunir-se aqui, porque assim nos disseram. Infelizmente, ainda não sabemos quando. Podem chegar de um momento para outro, e se estamos lá embaixo, não os veremos aproximarem-se. Assim, você irá nos ajudar ficando aí como sentinela. Entendeu?

— Está bem, eu ficarei.

— Muito bem, Max! Sabemos que os sioux, os utahs e os outros inimigos dos apaches vão reunir-se aqui; os primeiros vindo pelo norte, e os outros vindo pelo oeste. Dada a forma deste vale, não podem chegar por onde nós viemos, e sim pelo lado oposto, e esta parte se vê tão claramente daqui, que você poderá vê-los muito antes que se aproximem. Assim que os ver, faça-nos um sinal.

— Que tipo de sinal.

— Um assobio longo.

— Entendi! Acha que quando descer, encontrará o púlpito.

— Procuraremos nos orientar bem daqui.

— Eu os guiarei — disse o jovem índio.

— Então, vamos!

E novamente, tomando todas as precauções para não escorregarmos, nós três voltamos a descer.

As Ondas Sonoras

Capítulo Primeiro

Uma vez tendo chegado ao fundo do vale, a primeira coisa que vimos foi a greta que a água havia produzido na rocha em tempos remotíssimos. Parecia feita com uma gigantesca serra, e ficava então evidente que aquela enorme caçarola havia sido um grande lago, meio natural, meio artificial, que havia secado depois, quando a greta de saída havia chegado ao nível do chão.
Qual seria a finalidade das duas ilhas?
Isto me intrigava, e eu pensava se, já não havendo mais água, conseguiríamos descobrir a finalidade das ilhas. Claro que o arroio seguia ali, atravessando toda a caçarola; mas não havia conseguido perfurar as lajes de pedra, que constituíam seu leito, e a única coisa que havia feito era desenhar nelas suas próprias margens. O arroio nos levou primeiro à parte oriental e com mais vegetação, na qual nos detivemos para chegar logo à parte ocidental, por onde deveriam chegar os peles-vermelhas.
Alguns degraus mal entalhados permitiam escalar a ilha daquele lado e no alto, no centro dela, havia um banco de pedra, e ao redor um círculo de bancos mais baixos. Aquele era realmente o Púlpito do Diabo, onde reuniam-se para deliberar os grandes chefes, e do qual comunicavam seus acordos por meio de arautos para as pessoas reunidas ali embaixo.

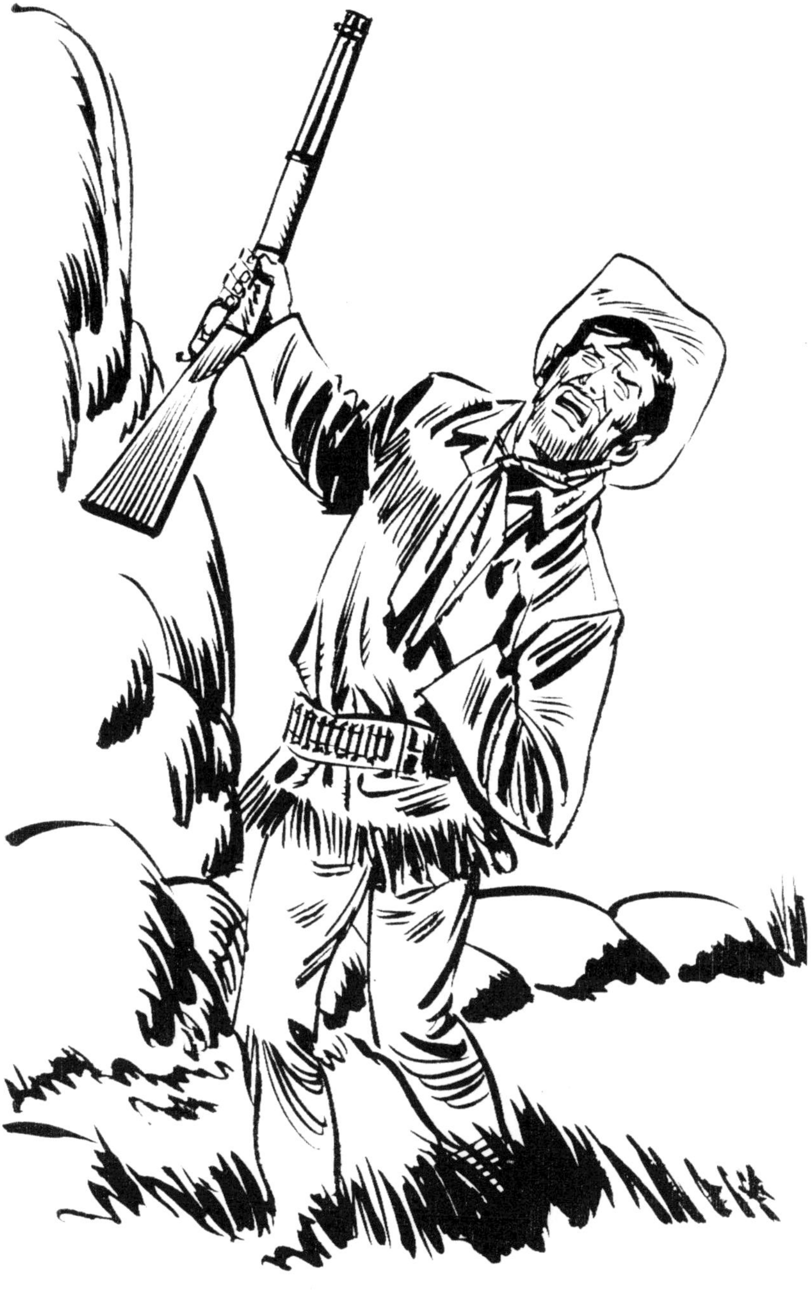

Subimos e não encontramos nada que nos chamasse a atenção. Quando descemos do Púlpito, olhamos para cima para ver se podíamos distinguir de nossa posição, onde estava Max, em seu posto de vigilância. Estávamos certos de que ele podia nos ver, mas nós não conseguíamos vê-lo.

Depois de uma longa caminhada fomos para a outra parte da elipse. Eu me encaminhei diretamente para a outra ilha, mas me detive alarmado ao descobrir algumas pegadas no chão.

Também Pequena Águia as viu, e com sua vista de lince nos disse que eram de urso, certamente.

— Oh, não! Que medo! — replicou Clara.

— Não, não é tão perigoso o que anda por este lugar. Trata-se de um inofensivo urso negro, que manca da pata esquerda de trás. Está ferido e deve ter perdido, além das forças, sua ferocidade. Creio que está escondido no alto desta ilha.

— Lá em cima?

Clara olhou para lá então, e exclamou, entre assustada e contente:

— Oh, tem razão! Já o estou vendo! Está olhando para cá.

Pequena Águia também levantou a vista e apontou com seu rifle. Sua bala foi certeira e acertou a cabeça do animal, que ficou estendido na borda da ilha.

— Que pena! — disse novamente Clara. — Devíamos tê-lo deixado viver.

Desejando desculpar nosso companheiro, eu disse:

— Para que, mulher? Pense bem, ele teria sofrido muito mais. Não tinha feridas, e sim uma pata quebrada. A bala de Pequena Águia o livrou de uma vida cheia de sofrimentos e privações, já que não iria conseguir encontrar comida.

Clara então perguntou:

— O que vamos fazer com esse urso?
— Max ficará encantado com ele. Tem mais de quatro anos e pesa bastante, mas temos mulas que podem nos ajudar a levá-lo ao nosso acampamento. É preciso fazer isso para que quando os índios cheguem, não saibam que andamos por aqui. Que tal se nós tirássemos já sua pele?

Ajudado pelo experiente Pequena Águia, eu assim o fiz. Uma vez envolto o urso em sua própria pele, continuamos nossas investigações naquelas solitárias paragens.

Capítulo II

Também havia degraus para subir-se até a segunda ilha, mas quase apagados pelos caules e folhas de plantas que ali cresciam. De cada lado dos degraus havia uma lápide com relevos, que representavam a ilha. A primeira podia ver-se um homem que queria subir nela, em outra um monstro horrendo que se apoderava dele, antes que conseguisse chegar no alto. Era como se aquilo fosse uma advertência para que ninguém ousasse subir ali.

Indubitavelmente, queria-se guardar algo ali que não devia ser visto.

Não fizemos, é lógico, muito caso destes avisos e subimos os degraus, chegando ao alto, onde havia uma casinha do tamanho de uma choça de um guarda-florestal.

A porta estava fechada, mas no entanto, pudemos entrar na casa, que estava vazia. Ali não cabiam mais que quatro pessoas.

Para que seria destinada? Para vigia?

Tive certeza disso ao observar que, realmente, da casa, podia-se vigiar tudo, sem que se fosse visto.

Eu continuava achando que tudo aquilo não estava construído por um simples capricho nem casualidade.

Disse para minha esposa que voltasse até a outra ilha, em companhia do índio. Queria ter uma prova definitiva, e acrescentei:

— Quando subir, sente-se na cadeira de pedra do grande chefe.

— Para que? — quis saber ela, impaciente.

— Não sei ainda, mas trata-se de uma surpresa que lhe preparo.

— É agradável?

— Se tudo sair como estou pensando, sim.

— Mas é preciso mesmo ir até lá novamente?

— Sim, querida.

— Está bem.

Afastaram-se e eu me aproximei da borda onde havia caído o urso para acompanhá-los com a vista. Quando os vi subir no Púlpito do Diabo, minha ansiedade era grande, devo confessar.

E logo escutei, não na direção do lugar onde se encontravam, mas atrás de mim, a animada voz de minha mulher, que dizia ao jovem apache:

— Estou certa de que, até que descubra o segredo deste Ouvido e deste Púlpito, não parará. Eu o conheço bem!

Estavam os dois já no alto da outra ilha, e eu escutava claramente o que minha esposa falava, mesmo estando tão distante, assim que eles haviam posto os pés na parte alta. Eu os via, mas não claramente, por causa da enorme distância que nos separava: não podia distinguir suas feições e nem sequer os movimentos de seus braços.

E no entanto... Eu os escutava perfeitamente.

Depois daquelas palavras, reinou uma pausa, e pouco depois Clara disse:

— Não, não sei. Ele não teve tempo de dizer-me nem explicar-me nada.

Compreendi que o jovem apache havia dito algo que eu não pude escutar. Pelo visto eu estava mal colocado para poder captar as ondas sonoras que saíam de seus lábios. Minha mulher havia se colocado na borda da ilha e eu também estava na borda da minha. Pequena Águia encontrava-se a uns passos dela, no centro. Fui para o meio da ilha, onde estava a misteriosa casa de pedra e ramagens: ao ver aquela espessa vegetação, pensei que talvez isto impediria, deteria, as ondas sonoras.

Não foi assim: ao chegar na casa, escutei a voz de minha esposa ainda mais claramente, dizendo:

— Nunca provei, e tenho que acreditar no que me diz. Então as patas de urso são tão deliciosas como dizem?

E então escutei claramente o índio respondendo:

— Não há nada melhor, senhora.

— E é verdade que temos que esperar que os vermes saiam?

— Verdade.

— Oh! Que nojo!

— Por que? É só tirar os vermes e pronto. Não se comem os vermes, senhora.

— Mas eles estão na carne que irá se comer.

— Pode-se não esperar tanto.

Então, brinquei com eles, dizendo de onde estava, com voz bem forte:

— De modo algum! Tem-se que esperar que saiam esses lindos vermes! E então assam-se as patas. Gostaria que me preparasse uma, querida!

No mesmo instante escutei Clara dizer, rindo divertida:

— Esse é o meu marido piadista, que veio atrás de nós. Onde está escondido?

* * *

Percebi que eles me procuravam por todos os lados, porque os perdi de vista. Por isso tornei a gritar:

— Estou aqui!

— Uf! Uf! — escutei o índio exclamar. — Isto é magia ou...? Já sei onde está!
— Onde? — quis saber Clara.
— Sua voz soa tanto de um lado como de outro. Está no mesmo lugar onde o deixamos, senhora, mas descobriu uma maneira de enviar sua voz até aqui.
— Sim?
— Sim, e pelo visto, a maneira de que também nossa voz chegue até ele.
— Isso é possível?
— Certamente.
— Ah! Seria esta a surpresa de que nos falou?
Então eu tornei a falar:
— Exatamente, querida! E agora vou descansar.
— Onde?
— Em minha ilha: estou diante da casinha de pedras.
— Mas... É um milagre que possa nos ouvir, e nós a você!
— Não é milagre, Clara. É só o aproveitamento de uma simples lei da natureza. E agora vamos fazer um teste para ver com que intensidade temos que falar e em que lugar temos que ficar para não perdermos uma só palavra.

Este experimento também deu resultado. Se falássemos em voz baixa, não entendíamos o que era dito, e se falássemos muito alto, escutava-se um estrondo, que encobria as palavras. Em troca, se falássemos naturalmente, ouvíamos tudo perfeitamente.

Minha esposa, sempre previdente, propôs então que trocássemos de lugar, quer dizer, de ilha.

— Venha para a minha ilha, que eu irei para a sua — disse ela. — No caminho vamos nos cruzar e você deixará dentro da casa o que vou lhe dizer, porque quero convencer-me de que está realmente nela, e de que não se trata de alguma brincadeira sua.

— Por favor, Clara! Deve acreditar em mim! Isso não é mais do que acústica.

— Tudo bem, eu não entendo dessa tal de acústica que está dizendo, nem dessas leis naturais das quais fala. Só acredito naquilo que vejo. Assim, irá fazer o que eu digo.

— Está bem. O que quer que eu deixe aqui? Meu relógio, minha faca?

— Não, algo mais poético que isso.

— E o que é?

— Uma carta de amor...

— Oh! — eu me surpreendi, dizendo logo: — E a quem deve ser dirigida?

— A mim, naturalmente. Aqui não há outra mulher e... Ai de você se pensar em outra! Pegue uma folha de seu caderno e escreva o que eu vou ditar!

— Já estou com lápis e papel nas mãos

— Comece assim: "Minha querida Clara: eu te amo e vou amá-la por toda a vida. No dia de seu aniversário, darei de presente cinqüenta marcos ao hospital de Rabedeul. E por ser verdade, assino com meu punho e letra."

Terminei de escrever e sua voz ordenou-me:

— Agora, assine.

— Já fiz!

— Pois bem! Mudemos de lugar!

Uma Reunião de Peles-Vermelhas

Capítulo Primeiro

Tal como ela havia me pedido, deixei o papel na casinha de pedra e fui ao seu encontro. Na metade do caminho nos cruzamos e Clara lançou-me um olhar de triunfo por ter-me feito prometer dar-lhe cinqüenta marcos. Cada um seguiu seu caminho, e eu apertei o passo para chegar na outra ilha, antes que eles chegassem na casa de pedras; e uma vez subindo ali, fiquei quieto, escutando-os chegarem.

Clarita entrou como uma flecha na casa e a escutei dizer:

— Aqui está a carta! — ela a leu e disse: — Exatamente o que eu ditei. Já não tenho nenhuma dúvida. Já está aí, meu amor?

— Sim, faz um tempo que cheguei. Voltemos a nos reunir. Nos encontraremos no arroio, na saída.

Quando cheguei ao lugar de nosso encontro, eles ainda não estavam ali, e tive que esperar um bom tempo.

— Não tivemos outro remédio senão fazê-lo esperar — desculpou-se minha esposa. — Vamos agora nos reunir a Max?

— Sim, mas só eu e você. Pequena Águia ficará aqui para esperar Max, que virá com as mulas para levar o urso. É um animal muito pesado para que só um o transporte.

O jovem apache sentou-se para esperar o velho caçador, enquanto nós retornávamos para o acampamento.

Assim que chegamos, Max desceu de seu posto de observação e nos disse:

— O tiro que escutei me fez pensar que caçaram algo. O que foi? Um urso ou um chefe índio?

— Um urso. O rapaz o está esperando para que transportem o urso. Como é muito pesado, leve duas mulas.

Uma vez todos reunidos, durante todo aquele dia não vimos chegar nem um só sioux, nem no dia seguinte, e por falta de outra coisa melhor a se fazer, Pequena Águia e eu nos empenhamos em aumentar o vocabulário apache de minha mulher, que tinha o desejo de fazer uma surpresa agradável a Kolma Puchi, a boa amiga que, sem conhecê-la, havia-lhe escrito das distantes pradarias do Oeste.

Nós nos revezamos no observatório e no terceiro dia vimos chegar quem esperávamos, de muito longe, graças a nossa privilegiada posição. Avançavam pela colina, cavalgando em fila como é costume entre eles. Por pequenos indícios, como as lanças que traziam e os arreios e adornos de seus cavalos, percebi que eram índios utah bem misturados.

Aquele grupo pertencia às subdivisões dos utahs-pah, dos utahs-tehsh, dos utahs-kapotes, dos utahs-wiminuch e dos utahs-elkmountain.

Entre os utahs-kapotes vi um chefe muito alto, de cabelos grisalhos, cujo aspecto me recordou Tusahga Sarich (Cão Negro). Mas a distância era tão grande que não podia distinguir claramente sua fisionomia.

Mais tarde vi que não havia me equivocado.

Capítulo II

Quando nós os vimos entrar naquele amplo vale, por sua conduta notamos que aquele era um lugar sagrado para eles.

Ali pisavam com temor e até traziam lenha consigo, para não tocarem nas árvores que cresciam no Púlpito do Diabo. Ficaram todos na parte ocidental, sem se atreverem a se aproximar do lado leste, onde nós havíamos matado o urso e, o que era mais importante para nós, acamparam formando um amplo círculo ao redor do Púlpito, sem aproximar-se muito dele, e claro, sem atrever-se a subir.

Calculei que as deliberações não deviam começar até a chegada dos sioux. Quando isto ocorresse, já se poderia subir ao Púlpito para que os grandes chefes discutissem. E era o que eles iriam falar que nos interessava. Naqueles acampamentos índios reinava um silêncio quase absoluto, ou pelo menos não chegava até nós nenhum ruído.

Nós nos alternávamos em nossa vigilância, dormindo tranqüilos, sem medo de sermos descobertos dentro daquela alta chaminé de pedra que, como nos havia dito Max, era absolutamente segura e muito difícil de ser localizada.

Ao cabo de dois dias vimos chegar ao acampamento dos índios os sentinelas, que anunciaram que os sioux não demorariam a chegar ao local do encontro.

Tranqüilos nos nossos postos de observação, vimos chegar diante de todos um chefe muito velho, alto e extremamente magro, cujo cavalo era puxado pelas rédeas por dois índios, para que ele não desse um passo em falso. Como evidentemente faltavam-lhe forças, podia-se pensar que para empreender aquela viagem, o velho deveria ser movido por uma idéia bem fanática.

Os índios utahs receberam-no com mostras de grande respeito. Quando desceram-no do cavalo, pudemos apreciar sua extraordinária altura e magreza. Não devia ter sido sempre assim, e agora mais parecia um espectro.

Aquele velho era, como mais tarde ficaria sabendo, Kiktahan Shonka, o Cão Vigilante, cuja morte haviam jurado os apaches e todos os seus inimigos. Mantas

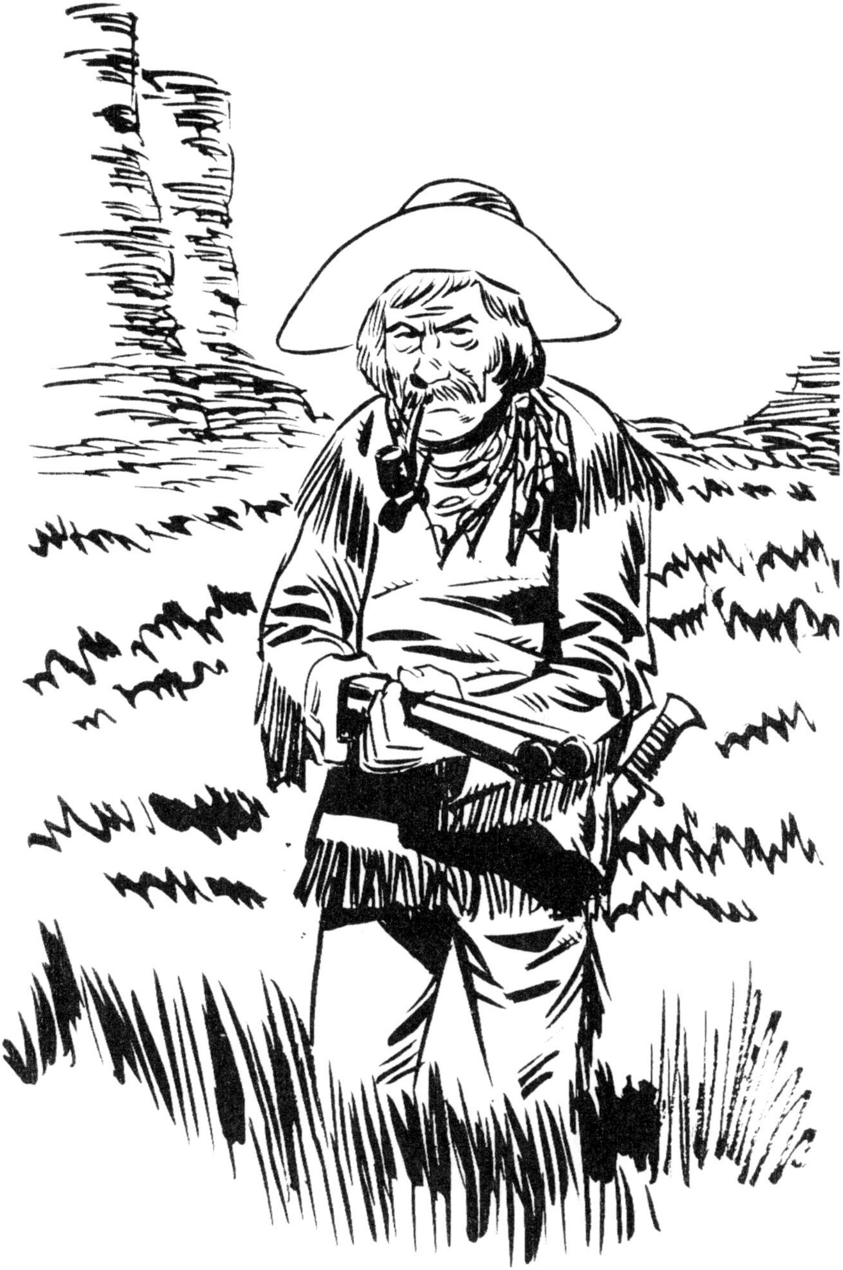

macias foram estendidas para ele diante do chefe dos utahs, chamado Tusahga Sarich. Sentaram-no como se ele fosse uma criança e cravaram algumas estacas atrás dele, para que pudesse apoiar-se.

Calculei que já havia chegado a hora de nos instalarmos em nosso esconderijo. Pequena Águia e eu descemos bem armados, procurando não deixar pegadas nem sermos vistos, precauções necessárias levando-se em conta que o dia seguinte era o dia marcado pelos irmãos Santer para encontrarem-se conosco. Ainda não sabíamos se chegariam no dia marcado ou se já estariam por aqueles lados, bem ocultos para também poderem vigiar os índios.

Quando chegamos à segunda ilha, tomando mil precauções e nos arrastando como se fôssemos lagartos, entramos na casinha de pedra e vi que minha esposa havia nos preparado um lugar para que sentássemos e até mesmo ficássemos deitados. Não fizemos uso de tais "refinamentos", ocupados em vigiar os índios, ainda que pela distância, não conseguíssemos distinguir suas feições, a não ser usando meus binóculos.

Pude contar quarenta índios utahs e quarenta sioux, número que evidentemente havia sido combinado de antemão.

Surpreendeu-me ver que não fumavam imediatamente o cachimbo da paz, em círculo, como é o costume quando se reúnem os chefes de tribos. Eu observava sobretudo a Kiktahan Shonka e Tusahga Sarich; os demais chefes não me interessavam muito.

Com a ajuda de meus binóculos, imediatamente reconheci Tusahga Sarich: havia envelhecido muito com o passar dos anos.

Finalmente acenderam os cachimbos da paz. O chefe supremo dos utahs pôs-se de pé, soprou a fumaça em seis direções opostas e pronunciou o primeiro discurso.

O chefe supremo dos sioux, sem levantar-se, fez a mesma cerimônia, que foi repetida sucessivamente pelos demais chefes, numa monotonia esmagadora.

Se fosse reproduzir, palavra por palavra, cada um destes discursos, levaria uma longa semana escrevendo seguidamente. E ali só se tratou da introdução dos debates, para os quais eles reservaram três dias inteiros. Três dias que teríamos que passar ali, se não quiséssemos perder nada do que eles iriam dizer.

Felizmente, surgiu uma circunstância que abreviou esta espera, e as deliberações programadas para três longos dias... só duraram três horas!

E aquela circunstância foi... eu mesmo!

Capítulo III

O mais interessante de tudo o que disseram foi a afirmação, unânime, de que os apaches e as nações aliadas a eles, eram a gente mais traidora do mundo, e o objeto maior de ódio daqueles índios eram duas pessoas:

O falecido Winnetou e Mão-de-Ferro.

Ou seja... eu!

O que os estava escandalizando agora, era o fato de que certas tribos quisessem erigir um monumento para perpetuar a memória do chefe apache Winnetou. E que esta estátua seria, nada mais, nada menos, do que de ouro puro!

Por aqueles irados discursos, fiquei sabendo que pretendiam também que todas as nações índias contribuíssem com seu ouro para erigir a estátua, sacando o dourado metal que durante muito tempo os vários povos indígenas haviam guardado tão zelosamente dos olhos cobiçosos dos caras-pálidas. E tudo isso, para enaltecer a memória daquele homem odiado.

Havia que se impedir, a todo custo, aquela glorificação dos apaches. Para eles, os guerreiros utahs ou sioux eram maiores que Winnetou, a quem agora queriam adorar como se fosse um deus.

Terminados os discursos, aconteceu um incidente: seguindo o curso do arroio, chegou a pé um homem, o qual pude identificar com meus binóculos. Tratava-se de Sebulon L. Enters. Não vinha a cavalo, mas observei que calçava esporas. Trazia um rifle e seu traje era o que se usava há trinta anos no Oeste. Os sioux o conheciam e permitiram que se aproximasse, convidando-o mesmo a subir ao Púlpito do Diabo.

Como já disse que podíamos escutar tudo do nosso esconderijo, ouvimos Kiktahan Shonka perguntar:

— Quem é esse cara-pálida? Ele não devia chegar amanhã?

— Tinha que vir o mais rápido possível, para alertá-los.

— Do que?

— De que seu pior inimigo está para chegar. Mão-de-Ferro!

— Oh! Oh! — escutamos muitos exclamarem, enquanto Kiktahan Shonka dizia: — Mão-de-Ferro, aqui? E quem disse que ele virá?

— Ele mesmo.

— A quem?

— A mim mesmo!

— Então você o viu, e falou com ele?

— Sim.

— Onde?

— Nas cataratas de Niagara. Marcamos um encontro com ele em Trinidad, e mesmo não o encontrando ali, encontramos suas pegadas, e estou certo de que ele está vindo para cá!

— Pois que venha! Não temos medo! Nós iremos amarrá-lo ao poste dos tormentos!

— Ele não está só — continuou Sebulon. — Está acompanhado de sua esposa e de um famoso caçador, chamado Max Papperman. Também os acompanha um jovem índio apache, a quem chamam de Pequena Águia.

— Será o Pequena Águia que viveu com os caras-pálidas para aprender a voar?

— Não sei, mas me disseram em Trinidad que ele esteve entre os brancos durante quatro anos, e que agora está retornando à sua tribo.

— É ele mesmo! Um discípulo de Wakon, a quem escreve muitas cartas. É desses "jovens índios", que não fazem mais que falar de humanidade e instrução, de perdão e amor. É um dos primeiros do clã Winnetou, ligado a ele por parentesco. Nós aprisionaremos todos, inclusive a esposa de Mão-de-Ferro!

— Meu irmão está esperando do outro lado desta montanha — continuou dizendo Sebulon. — Ele vigia meu cavalo. Pelo caminho encontramos muitas pegadas de mulheres, que acamparam perto do lago Kanubi.

— São as jovens de nossa tribo, que foram enganadas, e chamam a si mesmas de "jovens índias". Estão indo também para a Montanha Winnetou, para ver o monumento e levar suas pepitas de ouro. Não podemos impedir que o façam, mas sim castigar os apaches que as induziram a isto.

O que mais nos interessou, foi saber que eles pretendiam dar uma batida pelos arredores, procurando nossas pegadas, e tentar nos capturar, para nos levar ao poste dos tormentos.

Por um instante, temi por minha esposa e por Max; mas me tranqüilizei ao conhecer o bom esconderijo que meu velho amigo nos havia preparado.

Vozes do Grande Espírito

Capítulo Primeiro

Não era nada tranqüilizador, no entanto, saber que perto de cem índios começariam a nos procurar. Era necessário dizer a meu companheiro o que teríamos que fazer, no caso de algum daqueles índios nos descobrir. Para eles, a parte em que estávamos era sagrada; mas bastava que um só daqueles oitenta índios não temesse o "mal espírito" e fosse nos procurar ali, na parte ocidental.

Assim, disse a Pequena Águia em apache:

— Se nos encontrarem aqui, você subirá ao nosso acampamento e fugirá com minha esposa e com Max, com os cavalos e as mulas, enquanto eu contenho estes homens com meu rifle de repetição. A saída deste lugar é estreita e ninguém poderá sair sem encontrar-se com minhas balas.

— E Mão-de-Ferro irá ficar aqui?

— Sim, é preciso! Até a morte, amigo!

Passamos todo o dia esperando até que, ao cair da tarde, os índios começaram a regressar e pudemos ver que os irmãos Santer chegavam a cavalo. Escutamos novamente a conversa que tiveram com Kiktahan Shonka, que lhes perguntou:

— Recordam bem nosso trato?

— Perfeitamente — admitiu Sebulon, que parecia contente. — Entregaremos Mão-de-Ferro e sua esposa. Mas não nos disseram ainda de quanto será a nossa recompensa.

— Será grande. Mas agora não vamos falar disso. Se meus homens ou os de Tusahga Sarich os encontrarem, naturalmente não lhes daremos nada.

— É possível que tenham se unido ao grupo de mulheres cujas pegadas descobrimos junto ao lago Kanubi — opinou Sebulon. — Também encontramos pegadas de homens nas margens do rio.

— Então é certo que foram com essas fanáticas da memória de Winnetou. Felizmente, sabemos que se dirigem ao Tavutsi-Payah (na linguagem dos utahs, Montanha da Raposa).

O chefe dos sioux descreveu aos dois irmãos tão detalhadamente o caminho que teriam que seguir para nos encontrar, se realmente tivéssemos nos reunido ao grupo da formosa Achta, que tive a agradável surpresa de descobrir que aquela montanha ao qual se referiam não era outra senão Nugget-Tsil, para onde nós também íamos.

Os dois irmãos tomaram nota daquela longa explicação do chefe índio, que terminou dizendo-lhes:

— Se encontrarem ali Mão-de-Ferro e os seus, digam que ficaram sabendo que somente os kiowas e comanches vão reunir-se ali. Sua insaciável curiosidade levará Mão-de-Ferro a este lugar, para ocultar-se e espionar. Então, nós nos apoderaremos dele!

— Vão, e que Manitu os ajude a encontrá-lo — ordenou o outro chefe.

Hariman e seu irmão Sebulon desceram do Púlpito e montaram novamente em seus cavalos. Nada escutamos porque os índios permaneceram em silêncio até que os dois irmãos se afastaram. Foi então que o chefe dos utahs disse:

— Lixo! É isso o que são todos os caras-pálidas! Traidores! Vendem até os de sua própria raça...

— Não são dignos sequer de que a gente cuspa neles — disse outro índio. — Não iremos lhes dar nada em troca de sua ajuda. Talvez, quem sabe... A morte!

Achei que era chegada a hora de intervir, e com voz normal, para que por meio da acústica, eles pudessem me escutar, tal como havia testado dias antes com minha esposa e com Pequena Águia, eu exclamei:

— Vocês também são uns canalhas!

Um silêncio profundo caiu, e com a ajuda de meus binóculos, pude ver que eles olhavam para todos os lados, surpresos, enquanto exclamavam:

— O que foi isso? Quem falou isto?

— São uns traidores! — continuei.

Outro grande silêncio. Mas desta vez, do meu longínquo posto de observação, vi que eles levantavam-se muito alarmados e com medo. Distingui a voz alterada de Kiktahan Shonka dizendo:

— Que mistério é este? Quem está falando?

Mudando minha voz, fiz com que ela chegasse até eles:

— O bom espírito escuta tudo o que diz o mal espírito! Tudo!

Aquela ameaça teve a virtude de fazer muitos correrem, deixando os grandes chefes praticamente sozinhos, ali no Púlpito.

Antes que pudessem recompor-se da surpresa, e coordenar suas idéias, disse imperiosamente:

— Fora! Fora, chefes indignos! Fora! Fooooraaaaa!

Aterrados diante daquele fenômeno acústico que eles não podiam compreender, o ancião Kiktahan Shonka deu a ordem de partida, precipitadamente. Eu estava certo de que, a partir de então, a fama do Púlpito do Diabo iria redobrar, pois aqueles oitenta índios que haviam escutado minhas palavras, cuidariam de transmitir a todas as tribos que o bom espírito havia escutado e respondido ao mau espírito.

De nosso esconderijo nós os vimos afastarem-se, e o jovem Pequena Águia, sorrindo, me disse:

— Essa vitória alegra-me mais do que se tivéssemos lutado com eles, matando-os. É uma vitória da ciência, e não da sangrenta machadinha.

Quando desapareceu o último dos oitenta índios que ali haviam-se reunido, Pequena Águia e eu abandonamos nosso esconderijo, para irmos examinar a parte onde os índios haviam-se reunido. Quem sabe ali não encontraríamos algo que nos pudesse ser útil?

Não vimos nada que nos chamasse a atenção, até que, quando subimos ao Púlpito, um objeto caído sobre as escadas chamou minha atenção. Eu o recolhi, vendo que eram duas garras de cachorro, unidas cuidadosamente com pele de cervo, de tal forma que parecia uma pata dupla, com os dedos dirigidos em sentidos opostos. Eu mostrei-o a Pequena Águia, que exclamou:

— Um amuleto!

— Deve ser de Kiktahan Shonka; o chefe dos sioux se chama Cão Vigilante, e isso pode ser-nos muito importante. Quando der-se conta que perdeu seu amuleto, voltará. Não devemos continuar aqui, para que não nos surpreendam.

— Mão-de-Ferro tem razão. Todos esses homens o odeiam, e não hesitariam em matá-lo.

— Estes chefes me odeiam, meu amigo. São homens velhos, incapazes de esquecerem o passado, que já se lhes escapa das mãos. Esses homens, mesmo dirigindo suas tribos, não querem que a raça vermelha evolua, para que não percam seu poder. Nasceram para a guerra, para a violência, e estão anestesiados por ela. Por isso fomentam o ódio e baseiam seu poder na força.

Guardei cuidadosamente o amuleto, e voltamos para o nosso acampamento, conversando sobre tudo aquilo.

Ao ver-nos regressando, muito antes do esperado, minha esposa exclamou, refugiando-se em meus braços:

— Foi tudo tão rápido!

— É que nós lhes demos um bom susto. A partir de hoje, o Púlpito do Diabo será ainda mais sagrado para eles.

— Não voltarão?

— Espero que não, mas se o fizerem, não nos encontrarão mais aqui. Já conhecemos o caminho que seguem os irmãos Enters, e também sabemos para onde devemos nos dirigir.

— Então... o que estamos esperando para levantar acampamento? — perguntou Max, depois de descer de onde vigiava tudo.

— Não temos pressa. Mas talvez, você tenha razão. Vamos embora!

Em Mugworth

Capítulo Primeiro

Havíamos saído do Ouvido de Manitu e nos dirigíamos até os montes Mugworth.

Também os irmãos Enters dirigiam-se para ali, e eu sabia o caminho que iam seguir. Não fomos pelo mesmo caminho, e sim por outro mais curto que eu conhecia. E como íamos melhor montados do que eles, estávamos certos de chegar antes, apesar de haver saído depois deles do Púlpito do Diabo.

Nós nos detivemos no rio Gualpa, pois ali tínhamos água, pasto para os cavalos e um espesso bosque, no qual podíamos nos ocultar. No meio do bosque havia uma clareira, em que se viam as marcas de um acampamento, pois a vegetação queimada ainda não havia sido renovada.

Foi naquela clareira que armamos nossa tenda.

A única coisa a fazer era procurar que ninguém nos visse. Estávamos na terra dos comanches e dos kiowas, o que fazia prudente evitar tudo que pudesse denunciar nossa presença. Assim o fizemos, e ao cair da tarde vimos chegarem dois cavaleiros, que avançavam lentamente devido ao cansaço de seus cavalos.

Quando chegaram mais perto, reconhecemos os irmãos Enters: estavam armados com faca, revólver e rifle, como era costume nos antigos e perigosos tempos do Oeste. Como nós não havíamos chegado pelo mesmo caminho que eles, não puderam ver nossas pegadas, e isso nos dava certa vantagem. Eles desmontaram no bosque, deixando os cavalos beberem água, e foram procurar lenha, sem dúvida alguma pretendendo fazer ali seu acampamento.

Acenderam o fogo descuidadamente, e calculei que de noite seriam facilmente vistos. Com sua imprudência, eles não só estavam se entregando, mas a nós também, motivo pelo qual me dispus a aproximar-me para recomendar-lhes que não fizessem assim.

Max quis me acompanhar, achando que seria mais prudente, e acrescentando:

— Gostaria de ver a cara deles, quando virem você! Irão ter uma enorme surpresa!

Ao sair do bosque, deixei que ele se adiantasse e fiquei escondido. Max aproximou-se deles sem ser visto, e de onde estava, eu o escutei dizendo:

— Bom dia, senhores. Preferem ser escalpelados agora mesmo, ou morrer amanhã, no poste dos tormentos?

Os dois irmãos puseram-se de pé com um salto, muito assustados, até que finalmente Sebulon perguntou:

— Escalpelados? Por quem e por que?

— Pelos comanches e os kiowas. Este é território deles. Por que os senhores acenderam uma fogueira aqui no meio? Não tinham outro meio de atrair estes índios?

— Muito simples: nada temos a temer desses índios — replicou Sebulon.

— Ah, vamos! Os senhores são amigos deles?

— Somos amigos de todos os homens, índios ou não.

— Alegro-me, porque então serão amigos meus também. Mas tenho o costume de perguntar a meus amigos como eles se chamam. Posso saber?

— Nós nos chamamos Enters. Eu sou Sebulon Enters, e este é meu irmão Hariman.

— Obrigado, os senhores são muito amáveis. De onde vêm e para onde vão?

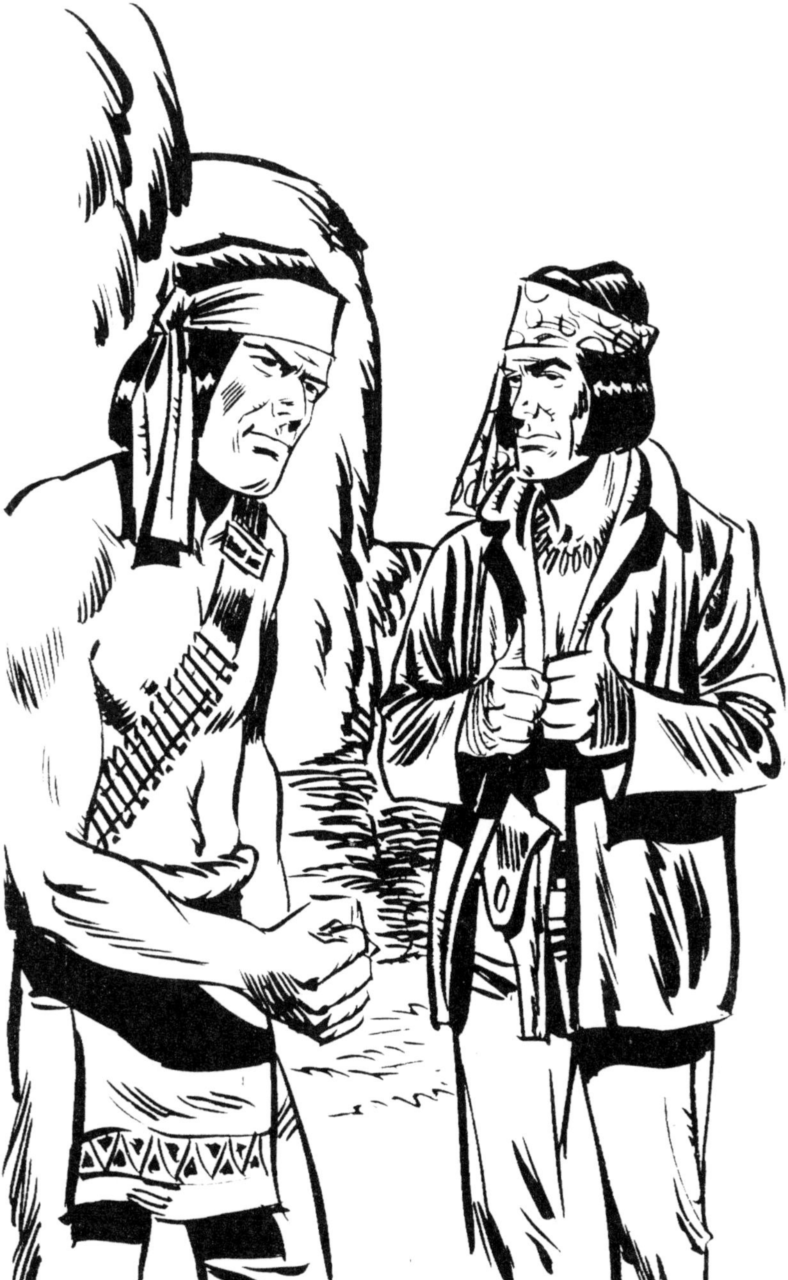

— Viemos de Kansas City e vamos agora ao rio Grande do Norte. Mas... quem é o senhor?

— Eu me chamo Papperman e venho de Trinidad. E para onde vou, ainda não sei.

Ao escutar o longo sobrenome de meu amigo, os irmãos Enters fizeram um movimento de surpresa, e Sebulon perguntou:

— O senhor é Max Papperman?

— Sim, senhores.

— Que coincidência, amigo! Estivemos em seu hotel, em Trinidad, onde havíamos anunciado nossa chegada.

— Não sei nada sobre isso; o hotel já não é mais meu.

— Foi isso o que nos disseram, mas de todo jeito, quem sabe pode nos informar se não viu ali um casal que nos esperava. Chamam-se Burton. Sabe alguma coisa sobre eles?

— Se eu sei? Claro que sim!

— De verdade? Isso muito nos alegra! Então, diga-nos se...

Max apontou para o local onde eu estava oculto e, como se fosse um bruxo, capaz de fazer-me brotar da terra, anunciou:

— Aí está o homem que procuram!

Minha presença surpreendeu-os extraordinariamente, mas de forma visivelmente desagradável. No entanto, esforçaram-se por demonstrar o contrário, dominando-se. Depois da primeira saudação, recomendei-lhes que apagassem o fogo que haviam acendido tão imprudentemente, convidando-os a virem para o nosso acampamento. Eles assim o fizeram, saudando minha esposa com muita cortesia por parte de Hariman, que provavelmente não ocultava os mesmos desígnios que seu irmão; mas Sebulon olhava-nos com ódio quando achava que não estava sendo observado. Tinha algo de observador em sua maneira de portar-se e terminou por dizer-nos que nós não os havíamos esperado em Trinidad, como tínhamos combinado.

— Tinha meus motivos para não desejar a companhia dos senhores — disse-lhe francamente. — No entanto, eu lhes escrevi. Não receberam minha carta?

— Sim. O hoteleiro nos entregou. Nela o senhor disse que Corner e Howe são nossos amigos, o que não é verdade, mesmo que, como negociantes de cavalos, tenhamos tido negócios com eles.

— E onde vocês foram, depois que saíram de Trinidad?

— Caçar um urso — replicou vivamente minha esposa.

Admito que aquela foi uma resposta tão breve como acertada. Com ela evitávamos toda e qualquer pergunta que se relacionasse com o Púlpito do Diabo. Algo desconfiado, Sebulon perguntou:

— E tiveram sorte nesta caçada?

— Muita — eu respondi. — Temos ainda carne de urso. As patas nós vamos comer em Tavutsi-Payah.

— Tavutsi-Payah? — perguntou Sebulon, visivelmente interessado, enquanto dirigia um olhar penetrante a seu irmão. — O senhor conhece este lugar?

— Há muito tempo.

— Isso é formidável! Nós também estamos indo para lá!

— Para fazer o que?

— Porque assim nos pediram os chefes sioux e utahs.

Fingindo que nada sabia, continuei com minhas perguntas:

— Já se encontraram com eles?

— Sim.

— No Púlpito do Diabo?

— Sim, e é uma pena que o senhor não estivesse ali. Teriam-no acolhido com enorme boa-vontade.

— Não, porque não deixaria que me vissem.

— Mas talvez o senhor teria podido ver tudo o que aconteceu nesta reunião.

— Contento-me em ficar sabendo de tudo através dos senhores.

Era um convite para que eles assim o fizessem, e Sebulon realmente o fez, dizendo-nos parte da verdade e não poucas mentiras. Deu-nos os nomes reais de todos os chefes índios, mas os oitenta guerreiros que os acompanhavam converteram-se em quatrocentos, e as duas horas que durara a reunião, converteram-se em três longos dias, segundo ele. Sebulon também falou de importantíssimas deliberações as quais ele, com todas as honras, havia participado juntamente com se irmão. Empenhava-se em mostrar-nos que eles haviam sido ali as pessoas mais importantes da assembléia, como se eu não tivesse escutado e visto como o haviam tratado.

— E os índios saíram dali antes dos senhores? — disse eu, interrompendo suas mentiras.

— Sim, sim. Isso mesmo.

— E em que direção?

— Bom. Isso é um segredo que não deveríamos revelar a nenhum preço. Mas nós vamos dizer-lhe, para ver como queremos proceder com lealdade e honradez com relação ao senhor. Dirigem-se a um lugar chamado Pa-Wiconte... — Sebulon ficou em silêncio, que ele próprio rompeu para perguntar-me: — Sabe se esse lago Pa-Wiconte, essa Água da Morte, está muito longe de Água Escura, onde morreu nosso pai?

— Se não estou enganado, está relativamente perto. Quando chegar ali, poderei dizer-lhe com mais certeza.

Não teria sido prudente dizer-lhe que o lago que tanto buscavam era conhecido também por este outro nome. Para não sermos enganados por aquele mentiroso, a mim também me cabia mentir: eles contavam suas mentiras, e nós contávamos as nossas.

Na manhã seguinte nos pusemos todos em marcha, seguindo a mesma rota que, anos atrás, eu tinha feito, mas não pronunciei diante dos irmãos o nome de Mugworth, porque isto estava descrito em meu livro, que eles haviam lido, e que tanto lhes interessava. Não me interessava, ao menos por enquanto, que eles soubessem que Mugworth era chamada de Nugget-Tsil.

Mas para minha grande surpresa, ao ver que íamos diretamente pela rota que eu traçava, Sebulon perguntou-me:

— Conhece esta montanha por referências, ou já esteve lá?

— Já estive lá várias vezes.

— Dizem que ali estão algumas sepulturas, umas três ou quatro. Verdade?

— Eu não vi mais do que duas. Quem pode estar ali enterrado?

— Alguns chefes kiowas, quem sabe?

— De verdade? — disse.

— Sim. Um kiowa, que esteve lá várias vezes, já me contou isso.

— Nós acamparemos junto das tumbas, porque é o melhor lugar para isso.

Não era meio-dia, quando chegamos. Ali estavam os dois monumentos que tantas recordações despertavam em mim. O que representava Inchu-Chuma, o pai de Winnetou, montado a cavalo, e a pirâmide de pedra, no meio da qual sobressaía o tronco de uma altíssima árvore, junto a qual descansava Nsho-Chi, a irmã assassinada daquele que foi meu grande amigo.

Eu me detive, tão emocionado como se estivesse estado ali no dia anterior. As árvores haviam crescido e o mato estava espesso. Parecia que a profunda e impressionante paz daquele lugar não fora perturbada em muitas décadas, nem mesmo pelo menor sopro de vento.

TAVUTSI-PAYAH

Capítulo Primeiro

Assim que montamos nosso acampamento, como se os Enters tivessem lido nosso pensamento, disseram que iam caçar algo, e ali ficamos Max, eu e Pequena Águia.

Fomos armar a tenda, e o bom Max, ao ver Clara orando ajoelhada diante da tumba da irmã de Winnetou, pediu que não fizéssemos ruído. Dentro em pouco minha esposa levantou-se e, recordando o que tinha lido em meu livro, apontou a tumba do pai de Winnetou e disse:

— Não foi junto desta sepultura que encontrou o testamento de Winnetou?

— Sim, querida, exatamente aqui.

Eu então a conduzi a um lugar do bosque, no qual haviam várias rochas, ao pé das quais brotava um manancial. Ali estavam os cinco pinheiros de uma cor azul-prateada a que se referia Tatellah-Satah, na carta que havia nos enviado. Todos eles tinham galhos que arrastavam-se no chão, e recordei uma passagem da carta que dizia: "Seja sua voz, para você, como a voz de Manitu, do grande, eterno e bondoso Espírito".

Comentei isto com minha esposa e ela, olhando para os cinco pinheiros, disse:

— É este pinheiro que irá falar-lhe?

— Sim.

— Pois não sei como poderá fazê-lo! Os pinheiros não falam!

— Concentre-se e compreenderá — insisti. — O pinheiro do meio tem na parte de baixo, alguns galhos secos, nos quais restam poucas folhas. Conte estes galhos de baixo para cima.

— Um, dois, três, quatro, cinco... E seis!

— E esse sexto galho, acha mesmo que é de pinheiro?

— Oh, não! É de abeto!

— Está vendo como a árvore já começa a falar? — eu disse para Clara, muito divertido. — Não acha muito estranho um pinheiro ter um galho de abeto?

— Claro que é estranho! — exclamou Clara.

— Não seria estranho se alguém tivesse tirado o galho do pinheiro e substituído pelo do abeto. E, claro, foi isto que aconteceu, por algum motivo. E cabe a nós descobrir agora qual é este "motivo".

— Como poderemos fazê-lo?

— Muito simples: tirando este galho que não corresponde ao pinheiro.

Assim o fizemos e logo descobrimos que no lugar correspondente ao galho verdadeiro, havia um buraco. E ali estava enfiado o galho do abeto. Quando o orifício ficou livre, vimos que estava vazio. Eu então me pus a examinar o tronco nas proximidades daquele orifício, e notei que também haviam desprendido um pedaço da casca, que havia ficado presa ao enfiarem o ramo de abeto. Quando retirei o pedaço da casca, caiu ao chão um papel. Clara apressou-se em recolhê-lo, dizendo alegremente:

— Esta é a "voz" da árvore, não é?

— Certamente. Diga-me o que está escrito aí.

Com um gesto gracioso de desgosto, ela me entregou o papel, confessando:

— Não posso ler nada. Está escrita na língua dos índios.

Sentamo-nos junto aos pinheiros, e fui ler a carta. Dizia assim:

" Por que busca só o pó mortífero?

"Acha mesmo que Winnetou, imensamente rico, não podia deixar nada melhor para a posteridade?

"Era Winnetou, a quem tinha motivos para conhecer bem, tão superficial para você não procurar com maior profundidade?

"Agora já sabe porque o censuro. Seja bem-vindo se provar para mim que pode sê-lo."

Esta era a mensagem do velho Mil Anos. Dobrei o papel e o guardei.

— Que coisa surpreendente! — disse minha esposa.

— Muito — assenti eu. — E estou profundamente envergonhado.

— Por que?

— Tenho a sensação de haver cometido contra a memória de Winnetou uma injustiça que não poderei perdoar-me. Então, quando encontrei aqueles papéis que eram seu testamento, não pensei nada mais além do ouro, sem pensar que ele podia ter deixado algo muito mais importante. Vamos voltar agora, Clara.

Os irmãos já tinham regressado também ao acampamento.

— Tenho algo para dizer-lhes. Começarei a revelar aos senhores uma coisa que queria reservar para mais adiante. Os senhores precisam de saber que estão equivocados quanto ao lugar que estamos. Aqui estão enterrados, não chefes kiowas, como os senhores acham, mas sim o pai e a irmã de Winnetou. E há mais: o lugar que vocês chamam de Tavutsi-Payah é na verdade Nugget-Tsil...

A comoção que minhas palavras causaram nos irmãos foi enorme. Ficaram mudos e imóveis, e fui obrigado a perguntar-lhes:

— Os senhores me compreenderam?

Como resposta, Hariman deixou-se cair no chão, cobrindo o rosto com as mãos e começando a soluçar. Seu irmão Sebulon cravou em mim um olhar sinistro e chamejante, dizendo com voz rouca:

— É verdade o que está dizendo?

— Que motivo teria eu para enganá-los? — repliquei.

— Muito bem, nós acreditamos. Então, estas são as tumbas de Inchu-Chuma e sua filha Nsho-Chi. É isto?

— Exatamente! Eu já disse: o pai e a irmã de Winnetou.

— Falando claramente: o senhor está nos recordando que eles foram assassinados por nosso pai.

— Isto mesmo.

— Permite-me que me aproxime das tumbas?

Sebulon aproximou-se primeiro da sepultura de Inchu-Chuma e depois foi até a de Nsho-Chi, contemplando-as longamente. Parecia estar tranqüilo, muito menos afetado que seu irmão, que continuava sentado, parecendo alheio a tudo. Então comecei a relatar tudo o que havia acontecido, há muitos anos atrás, quando Santer assassinou o pai e a irmã de Winnetou, indignado porque não havia conseguido descobrir onde os apaches guardavam o ouro. Até que Sebulon, mostrando-se também triste, disse:

— Não me agradam estas velhas histórias. O que acha de irmos comer? A senhora já deve estar com fome.

— Realmente — admitiu Clara.

E logo estávamos todos comendo.

Capítulo II

Recordando o relato que minutos antes eu havia feito, Sebulon apontou para a tumba do pai de Winnetou e disse:

— É aqui que encontrou o testamento de Winnetou, que mais tarde nosso pai pegou?

— Sim — confirmei.

Sem mais palavras, ele levantou-se e foi até onde estavam os cavalos, e dentro em pouco regressou com uma das enxadas que trazia em sua bagagem. Aproximou-se de Hariman, que continuava cabisbaixo, e furiosamente, gritou com ele:

— Levante-se e chega de besteiras, covarde! Ajude-me a cavar junto da tumba, porque estou certo de que encontraremos algo de valor. Levante-se e vamos trabalhar!

Mas Hariman recusou-se violentamente, dizendo:

— Deixe-me em paz! Não quero ter nada a ver com isso! Maldito seja esse ouro, e seu desejo de possui-lo! Isso vai ser sua perdição, assim como foi a de nosso pai!

— Então... Não irá me ajudar?

— Não! Já tenho bastante com o que já levo em minha consciência.

— Covarde! — rugiu Sebulon.

Começou a cavar com fúria, enquanto seu irmão Hariman voltava a sentar-se, cabisbaixo, no chão. Então Max levantou-se, pegou a outra enxada e disse a Sebulon:

— Eu o ajudarei. Dois fazem mais do que um.

Mas Sebulon recusou a ajuda vivamente, dizendo:

— Fora daqui! Não consinto que ninguém me ajude! Tudo o que encontrar será meu!

Pôs-se a trabalhar de um modo desesperado, como se sua salvação dependesse daquilo e ele não tivesse um só minuto a perder. O buraco ia alargando-se mais e mais, e ele não fazia outra coisa senão olhar para ali.

— Isto é loucura, uma verdadeira loucura — sussurrou minha mulher. — Parece como se tudo lhe pertencesse. No que dará tudo isto?

— Não tema, querida; em nada que seja perigoso para nós — eu a tranqüilizei, também sussurrando.

— Mas... e se ele encontrar algo?

— Se não for ouro, ou algo que o valha, ele não dará valor.

— E se encontrar algo que valha a pena, mas que Winnetou deixou para você? Então você e ele lutarão e eu... eu...

— Acalme-se. Nada acontecerá.

— Tomara que seja assim! Mas apesar de tudo, dê-me um de seus revólveres. No momento que este homem atrever-se a levantar a mão contra você... eu o mato com um tiro!

Ocultei a emoção que aquilo me produziu, e para não dar-lhe importância, disse sorrindo:

— Querida, se tivermos que matar alguém com um tiro, eu farei isso, porque tenho melhor pontaria. Mas insisto... acalme-se!

Interrompemos nossos sussurros ao escutarmos um grito de alegria que brotava da garganta de Sebulon. A terra saía aos borbotões do buraco, que estava cada vez mais fundo, e quando me aproximei, para ver do que se tratava, ele rugiu, colérico:

— Fora daqui! Já disse para ninguém se aproximar!

— Não posso nem perguntar o motivo desse grito? — repliquei, começando a aborrecer-me.

— Bati em algo muito largo e duro. Encontrei o ouro! Mas eu o tirarei sozinho, e aquele que se aproximar... eu mato!

Continuou seu trabalho febrilmente e eu, para não precipitar os acontecimentos e criar maiores problemas, com um gesto indiquei a Pequena Águia e Max que também não agissem.

Sebulon continuou com seu trabalho. Por fim, chegou ao ponto em que teve que deter-se para descansar e recuperar o fôlego. Seu aspecto não podia ser mais repulsivo: parecia uma fera, cuja simples visão nos causava repulsa.

De repente, Sebulon deu outro grito de alegria, e logo outro e mais outro.

— Oh, pai! Está aqui e me ajudará! Eu sei que me ajudará! Obrigado, pai! Muito obrigado!

Depois de haver gritado isso com um tom de júbilo imenso, voltou seu rosto descomposto para nós, e aparecendo por cima do buraco, gritou ameaçadoramente:

— Que ninguém se aproxime daqui! Aquele que se atrever a tocar este tesouro, eu vou matar sem compaixão. Não esqueçam disso!

Nós o vimos desaparecer novamente no buraco, e pouco depois apareceu, com uma vasilha de barro, que colocou na borda do buraco. Depois tirou mais quatro e continuou cavando um pouco mais, até que por fim saiu, soltando um profundo suspiro de satisfação ao anunciar:

— Terminei! Não ficou mais nada!

Olhei para as vasilhas, quadradas e de um azul pardo, adornadas com figuras índias. Era produto da cerâmica dos povos moqui ou zuni. Eram compostas de duas partes: a superior encaixava-se na inferior, e com a linha de junção protegida da umidade com cimento. Além disso, estavam fortemente amarradas com fibra vegetal impregnada de azeite. Em vista disso tudo, compreendi que ali não havia metal algum, e sim algum objeto ao qual se havia querido livrar, a todo custo, da umidade.

Mas o que aquelas vasilhas podiam conter?

Uma Mensagem do Defunto

Capítulo Primeiro

Ao ver que seu irmão saía do buraco com aquelas vasilhas, Hariman abandonou sua atitude pesarosa e aproximou-se. Sebulon então o olhou colérico, gritando:
— Ah, agora que achei o tesouro, você vem, não é? Pois não ache que vou lhe dar nada disto! É tudo meu! Meu e de mais ninguém!
— Pelo contrário, irmão. Nada disso é seu!
— Ah, não? E de quem é então?
Hariman apontou para mim, exclamando com firmeza:
— Dele! Winnetou deixou isto aí enterrado para ele. Só para ele.
— Está enganado, irmão! — replicou Sebulon, colérico. — Esse homem já tirou daqui o que lhe pertencia, há muitos anos. Isto aqui, quem encontrou fui eu, e como rezam as leis do Oeste, pertencem a mim, que foi quem as encontrou!
— Você só encontrou isto aí porque ele nos trouxe aqui!
— Bonita forma de defender os interesses de um irmão! Esta é sua opinião, não a minha. Estas vasilhas pertencem a mim, e eu as defenderei contra quem quer que seja, inclusive você, irmão!
E Sebulon olhou-nos então desafiadoramente, ordenando a seu irmão:
— E agora, me ajude a abri-las!
Hariman sentou-se junto a Sebulon e os dois come-

çaram a desenrolar as vasilhas. Hariman o fazia devagar e conscienciosamente, enquanto seu irmão dava mostras de nervosismo e impaciência. Exclamava de vez em quando, lutando contra aquelas fibras vegetais:

— Maldição! Que perda de tempo!

Quando os primeiros vasos ficaram livres, começaram a tirar o cimento com as facas, tarefa nada fácil, porque a ação do tempo o havia tornado tão duro quanto uma pedra. Sebulon não deixava de falar com seu irmão, pensando que ali iriam encontrar ouro, prata, pérolas ou algo assim. Imaginava os mais ricos e preciosos tesouros do mundo, e sua loquacidade revelava o caráter de uma profunda perturbação mental.

Quando conseguiu abrir as vasilhas, Sebulon deteve-se emocionado e disse a seu irmão:

— Vamos ver se adivinhamos o que tem aí dentro! Eu digo que é ouro e diamantes!

Hariman nada respondeu, limitando-se a imitar seu irmão, que levantou, cheio de cobiça, a tampa de sua vasilha. Meteu as mãos ali ansiosamente, e em silêncio tirou um estranho objeto.

— Um pacote de couro! — exclamou Sebulon, decepcionado.

Hariman tinha outro igual em suas mãos.

— Pesa muito pouco para ser ouro ou diamante. E o seu?

— Também...

— Serão depósitos bancários?

Com precipitação ele cortou as tiras que amarravam o pequeno pacote de couro, e antes que nós pudéssemos sequer adivinhar do que se tratava, ele gritou, com desprezo:

— Livros! Só uns malditos livros!

Com raiva e fúria, lançou-os para longe, repreendendo-o seu irmão

— Vamos examiná-los primeiro; podem conter algo de valor.

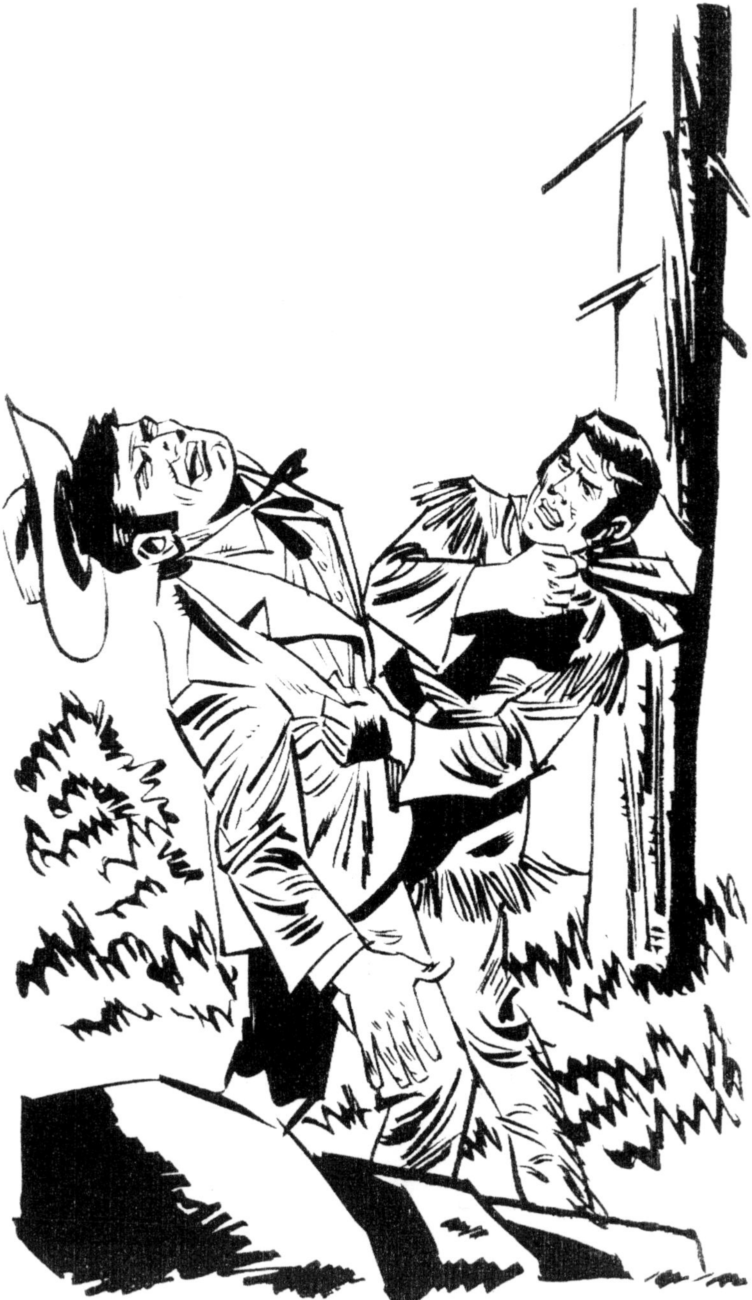

Arrependido, Sebulon levantou-se para examinar com rapidez os livros, jogando-os longe novamente:

— Nada! Nem um bilhete! Livros sem nenhum valor, com títulos que nada querem dizer, e com o nome de nosso "caro" Winnetou...

Eu acompanhava tudo isto com um interesse que tentava ocultar com aparente indiferença. Para mim, cada página, cada pedaço de couro e cada tira que haviam sido encontrados ali eram sagrados.

O impaciente Sebulon, para quem a tarefa de abrir as outras vasilhas não ia tão depressa como sua ansiedade exigia, acabou por cortar as tiras, rugindo, cada vez mais alucinado:

— Vamos quebrar as vasilhas. Assim ganhamos tempo.

Foi então que eu me aproximei rapidamente e com decisão, apesar de todas as suas ameaças, e disse:

— Não vai quebrar nada! Estas vasilhas contêm o legado de um homem nobre e generoso. Para mim têm mais valor do que ouro ou pedras preciosas e não consentirei que quebrem nada!

Ao escutar-me, Sebulon deixou a vasilha no chão e levantou-se colérico. Pegou a enxada que tão febrilmente havia manejado e, desafiadoramente, olhou-me fixamente, perguntando:

— E se eu as quebrasse, o que iria fazer?

Sempre desejando evitar um confronto, que poderia resultar numa luta de vida ou morte, não liguei para sua atitude desafiadora, dizendo:

— Você não chegará a este extremo.

— Por que não?

Já era hora de replicar tal como ele parecia desejar, e firmemente, eu disse:

— Porque antes eu partiria a sua cabeça em duas.

— De verdade? Pois então prove que pode fazê-lo! Veja bem o que vou fazer: com a enxada que vou usar para quebrar estas vasilhas... vou usá-la para quebrar sua cabeça também!

Levantou então a enxada para cumprir sua ameaça, quando a voz firme de minha esposa ordenou:

— Fique quieto.

Clara colocou-se valentemente entre nós, e apesar de não ter nenhuma arma nas mãos, como eu temia a princípio, olhando fixamente para Sebulon, ela continuou gritando, imperiosa:

— Abaixe esta enxada!

Confuso, Sebulon a olhou nos olhos e logo baixou a vista, deixando descansar a enxada, mas sem soltá-la.

— Solte-a! — continuou Clara.

Sebulon deixou cair a ferramenta e minha esposa foi ganhando cada vez mais terreno:

— E agora, sente-se!

Também foi estranhamente obedecida, e Clara, bem mais calma, falou então:

— Continue o que estava fazendo, com toda a tranqüilidade. Não precisa quebrar as vasilhas. E espero que aja assim, ao menos em consideração a mim!

Enquanto continuava com sua tarefa, tão espantada quanto nós, Clara aproximou-se de Hariman e ele esclareceu-lhe:

— Meu irmão não pode resistir à influência de seus olhos, senhora. Notou isto desde o primeiro momento em que a viu, e já havia comentado isto comigo.

Sebulon estava abrindo as vasilhas com tanto cuidado, que me deixou assombrado. Clara sorria de felicidade. Minha esposa sempre fica contente quando consegue converter algo ruim em bom.

E por uma estranha razão, que só Sebulon e Hariman conheciam, minha esposa exercia grande influência sobre aquele homem.

Capítulo II

Dentro em pouco Sebulon tinha aberto outra vasilha e então, respirando profundamente, disse para minha esposa:

— São livros. Pode ficar com eles, se a senhora quiser.

E agitando os braços, ficou de pé, e começou a dizer, surdamente:

— Renuncio a estes livrecos cheios de garranchos que eu não entendo! Escutou o que eu disse? Eu os estou lhe dando de presente! Se fosse ouro ou... Eu o disputaria com o próprio Mão-de-Ferro! Mas sendo só isso... Faça com eles o que bem quiser!

Terminou por adentrar pelo bosque, e todos pudemos escutar seu irmão Hariman, que murmurou ao vê-lo afastar-se:

— Que insensato!

Hariman seguiu seu irmão e nós nos pusemos a cavar novamente no buraco, para ver se ali havia mais algo de interessante. Nada encontramos e, ajudados por Max e Pequena Águia, voltamos a encher o buraco com a terra removida. Mais calmos, nos pusemos a examinar o estranho conteúdo daquelas cinco vasilhas.

Tratavam-se de cadernos manuscritos, nos quais reconheci a letra de Winnetou. Pode-se imaginar a impressão que me produziram aquelas páginas cobertas pela letra tão característica de meu companheiro: uniforme, harmônica e clara, com a alma daquele que as havia escrito.

No final do último livro encontrei uma carta dirigida a mim:

"Meu querido e bom irmão: peço a Manitu, o grande e bondoso, que venha recolher estes livros. Se não os encontrar, é porque não cavou em suficiente profundidade. Em tal caso, não

cessarei minhas orações até que venha e os encontre, porque são para você e para ninguém mais.

"Não quis deixá-los em poder de Tatellah-Satah, porque ele não gostava de você, ainda que seus motivos para isso sejam nobres e elevados. Também não quis confiá-los a mais ninguém, porque minha confiança no Pai Todo Poderoso e Onisciente dos mundos é maior que a que tenho nos homens. Enterro profundamente estes livros porque são muito importantes. A menor profundidade está um segundo testamento para ocultar e proteger este. Só irei lhe falar deste testamento para que o outro permaneça oculto até que chegue o momento. Disse a Tatellah-Satah que deixava aqui dois legados para você, com a finalidade de que, se você não os viesse resgatá-los, não se perdessem.

"E agora, abra-me seu coração e sua alma, e saiba o que lhe digo, o morto, que no entanto está vivo.

"Sou seu irmão e sempre o serei, até quando se divulgue entre as tribos apaches a notícia de que Winnetou, seu chefe, está morto. Você me ensinou que a morte é a maior mentira do mundo.

"Você tem sido, desde que nos conhecemos, meu anjo protetor, assim como eu o fui para você. Procurei imitá-lo em tudo. Você me deu muito: deu-me tesouros para a minha alma, que tratei de conservar e assimilar. Sou devedor; mas sou grato, porque minha dívida para consigo não é grave, e sim enobrecedora. Por que todos os caras-pálidas não vieram até nós como você veio? Então, toda a raça vermelha seria devedora deles, assim como eu sou de você. A gratidão de toda a minha raça seria tão grande e sincera

como a de Winnetou para você. E quando há milhares de pessoas que se sentem gratas, a terra converte-se no céu.

"Mas você fez mais, muito mais. Não só defendeu seu amigo vermelho, mas também a toda uma raça perseguida e depreciada, ainda que soubesse e saiba, como eu agora, que chegará um tempo em que será depreciado e perseguido por ter agido assim. Mas não vacile, meu amigo; eu estarei a seu lado. Estou convencido de que a façanha mais atrevida e ao mesmo tempo mais nobre de seu Winnetou foi largar o seu rifle de prata e escrever pensando em você. Difícil, muito difícil foi para mim esta façanha, porque a pena rebelde não queria obedecer ao pele-vermelha; mas ao mesmo tempo era tarefa simples, porque meu coração fala em cada linha que aqui deixo, como herança para todos os homens.

"Assim, pois, Winnetou estará do seu lado mesmo depois de sua morte, porque sua alma vive. Lutará por você ao mesmo tempo que luta por si mesmo e por sua raça. Aproximei-me de você para defendê-lo; rogo que me ceda um lugar a seu lado. Mais tarde meu povo se aproximará do seu e cessarão os sofrimentos da minha nação, se não ante a História, pelo menos ante Manitu, que julga bondosamente quando lhe é possível fazê-lo.

"Nestas folhas encontrará tudo o que lhe interessa a meu respeito. Eu as trouxe para Nugget-Tsil. Tenho já aberta a cova destinada a conservá-las para você. Estou aqui completamente só. O que para você sou agora, o sou gra-

ças a você. Há tantos e tantos milhares de homens que quereriam ser o mesmo para vocês!...
Seu Winnetou."

Clara estava sentada a meu lado e foi seguindo minha leitura. Quando terminei, ficou em silêncio, abraçou-me e apoiou a cabeça em meu ombro. Eu também estava mudo, e assim permanecemos durante um longo tempo. Então, voltamos a colocar os manuscritos nas vasilhas e as levamos para nossa tenda; mas fiquei com a carta de Winnetou nas mãos, e minha esposa me perguntou:

— Vai mostrá-la para Pequena Águia?

— Sim, e agora mesmo.

Nós nos aproximamos do índio, que todo o tempo havia permanecido como que alheio ao que ali ocorria; mas quando lhe entreguei a carta de Winnetou, seu rosto iluminou-se, como que inundado pelo sol. Levantou-se e disse:

— Obrigado, e acredite que me dou conta do que significa receber esta carta e esta confiança de tais mãos.

— Eu o faço porque vou colocar este legado de Winnetou em suas mãos. Você o vigiará bem quando eu precisar afastar-me, como agora, que vou em busca de Sebulon.

Capítulo III

A idéia de ir em busca de Sebulon e seu irmão Hariman ocorreu-me para atender nossa própria segurança. Segui suas pegadas, que se perdiam no mais profundo do bosque.

Antes de chegar a vê-lo, escutei sua voz e segui nesta direção, encontrando-o por fim apoiado em uma árvore. Ocultei-me entre o matagal e os espionei, vendo Sebulon gesticular como se estivesse diante dele seres que pudessem escutá-lo:

— Todos mortos! Todos! Só ficamos nós dois. Hariman e eu temos que morrer também? Hariman conforma-se com a morte. Mas eu quero viver! Quero cumprir a vontade de meu pai, para que não assassine a mim. Irei lhe oferecer a vida deste Mão-de-Ferro. Eu o farei! Eu o farei, eu o farei! Quero aniquilar o maior inimigo que meu pai teve, para que eu possa viver! Mas... como o farei? Como?... Como?

Guardou um instante de silêncio, como se esperasse resposta, para então continuar:

— Essa mulher tem culpa! Tem olhos misteriosos e no rosto a bondade de seu coração! É ela que se interpõe em meu caminho libertador!

Pôs a mão na boca, sussurrando:

— São os olhos azuis de nossa mãe. Aqueles olhos doces e adorados que choravam com tanta freqüência, até que o sofrimento os cerrou para sempre. Não tinha reparado nesta semelhança? Essa mulher tem o mesmo olhar e a mesma bondade de nossa mãe. Mas... não poderei fazer por ela, por esses olhos?

Inclinou novamente a cabeça, como se estivesse escutando, fez um movimento colérico e prosseguiu:

— Não! O velho me enganou! Enganou-me como sempre! Não era ouro, não... Só eram papéis! Papéis malditos!

Interrompeu-se ao ver chegar Hariman, que também o procurava. E ao escutá-lo falar, gritou de longe:

— Cale-se, imprudente! Suas vozes vão nos botar a perder!

Sebulon apontou para o ar, como desculpando-se diante do irmão, ao dizer:

— É que todos estão aqui! Todos! Compreende, irmão?

— Bobagem! Aqui não tem ninguém. Mas alguém pode chegar de um momento para outro, e se escutar tudo isso que está dizendo...

— Teme Mão-de-Ferro?

— Sim! Entrou no bosque e tentará nos achar. Devemos voltar ao acampamento. Estão preparando as patas de urso.

— As patas de urso? Ah, sim! Ela, com seus belos olhos azuis, fará a comida. Ela é... É como nossa mãe!

Não deixei que me vissem, e quando retornaram ao acampamento, já me encontraram sentado junto ao jovem Pequena Águia, tão tranqüilo como se não tivesse saído dali. Também não fiz nenhum comentário sobre as cenas violentas anteriores ao descobrimento do "tesouro", e comemos tranqüilamente e em silêncio, saboreando a excelente comida que Clara havia preparado, com a ajuda de Max.

Depois de comer, disse à minha esposa que gostaria de passear a cavalo, e fomos até a árvore do alto da montanha, para inspecionar os arredores. Sabia que as mulheres dos sioux estavam vindo para Nugget-Tsil, e calculei que já estariam chegando.

O Bosque de Nugget-Tsil

Capítulo Primeiro

No alto daquela montanha o ar era límpido e transparente, permitindo que a vista alcançasse uma longa distância. A nossos pés estava o bosque de Nugget-Tsil, estendendo-se mais além a planície, até perder-se de vista.

Com a ajuda de meus binóculos, observei toda aquela extensão de terreno, mas não vi ninguém. Eu e Clara estávamos certos de que ninguém nos molestaria, pelo menos durante aquele dia. Dentro em pouco regressamos ao acampamento, sendo já noite. Max havia recolhido lenha para toda a noite, e já dormia diante da tenda, como um cão fiel, guardando nosso "tesouro".

Pequena Águia estava sentado perto dele, enquanto os irmãos Enters pareciam ocupados em assar uma lebre. Pareciam mais calmos e amáveis, como se fossem outras pessoas, como se não tivéssemos nunca discutido. Tomavam parte em nossa conversa naturalmente, e eu me perguntei qual seria o motivo desta mudança.

Será que, depois de seu monólogo, Sebulon tinha a consciência mais tranqüila? Ou abrigava já intenções menos hostis contra mim?

Falamos muito sobre Winnetou e os índios apache, dos quais ele havia sido o chefe. Por sua parte, o jovem Pequena Águia expôs diversos aspectos da enorme influência do grande chefe apache, mesmo depois de sua morte, especialmente entre os índios mais devotados à sua tribo. Os irmãos Enters escutavam em silêncio, mas dando mostras de grande interesse, e gostei disso. Evidentemente, seu pai e seus companheiros haviam falado de Winnetou e de mim com tanta hostilidade, que convinha-lhes saber algo que nos apresentasse num aspecto mais favorável.

Pequena Águia, com sua fina perspicácia, compreendeu a intenção que me guiava naquela conversa com os dois irmãos, ajudando-me a converter em respeito o ódio que anteriormente tinham por mim e pela memória de Winnetou.

Pequena Águia possuía uma vida interior muito rica, mesmo sendo taciturno. Aquela noite, pela primeira vez desde que o conhecíamos, ele nos revelou, em sua conversa, um pouco do que levava dentro, ainda que com cautela e gradualmente. De si mesmo não falou, mas sim de Winnetou e de coisas concernentes aos homens de sua raça.

Clara, curiosa como toda mulher, aproveitou a oportunidade para fazer-lhe uma pergunta que estava desejando dirigir-lhe já há vários dias, desde nossa permanência junto ao lago Kanubi. O jovem apache acabava de falar de nosso encontro com a jovem Achta, e então minha esposa perguntou:

— O que significa a estrelas que vocês dois levam? O que quer dizer *winnetou* e *winnetah*? Ou trata-se de um segredo que não pode nos revelar?

O jovem índio fechou os olhos por uns instantes, e então disse:

— Não é nenhum segredo. Todo mundo pode saber disso. Aliás, desejamos que todo mundo nos conheça. Mas não creio que seja hora conveniente para falarmos disso.

Compreendi que estava referindo-se aos irmãos Enters e, no entanto, insisti:

— Por que não?

— Está bem: quisera poder falar-lhes na língua dos apaches, já que meu coração iria expressar-se melhor. A língua dos caras-pálidas projeta dobras desagradáveis na aparência do que levo dentro de mim. Mas, enfim, falarei neste idioma...

Depois de uma breve pausa, acrescentou:

— Longe, muito longe daqui, há uma terra que se chama Yinnistán, e que só conhecem os homens vermelhos.

— Yinnistán? — repeti eu. — Essa é uma palavra apache?

— Não. É de uma língua desconhecida. Há muitos mil anos, América e Ásia estavam unidas por uma ponte, no extremo norte deste país. A ponte agora está partida e é uma série de ilhas. Naquela época remota vieram a este país, passando pela ponte, homens e mulheres de linda aparência e gigantescas figuras. Trouxeram aos povos daqui a saudação de sua senhora, a rainha Marimeh.

Todos nós guardamos silêncio, e o jovem índio prosseguiu:

— Os mensageiros da rainha traziam formosos presentes, com a proibição de receber outros em troca, pois os presentes que exigiam troca eram para eles malvistos. Contaram muitas coisas do império de Yinnistán, no qual só havia uma lei: a "lei do anjo protetor", motivo pelo qual aquele país também se chamava "Terra do anjo protetor". Cada habitante de Yinnistán tem que ser, em segredo, o anjo protetor de um compatriota. Aquele que tem a magnanimidade suficiente para converter-se no anjo protetor de seu próprio inimigo, é considerado um herói. Porque eram de alma tão nobre como a dos habitantes da Ásia, pediram aos enviados da rainha Marimeh que os ajudassem a introduzir na América aquela lei. E assim eles o fizeram, e logo retiraram-se para o seu país.

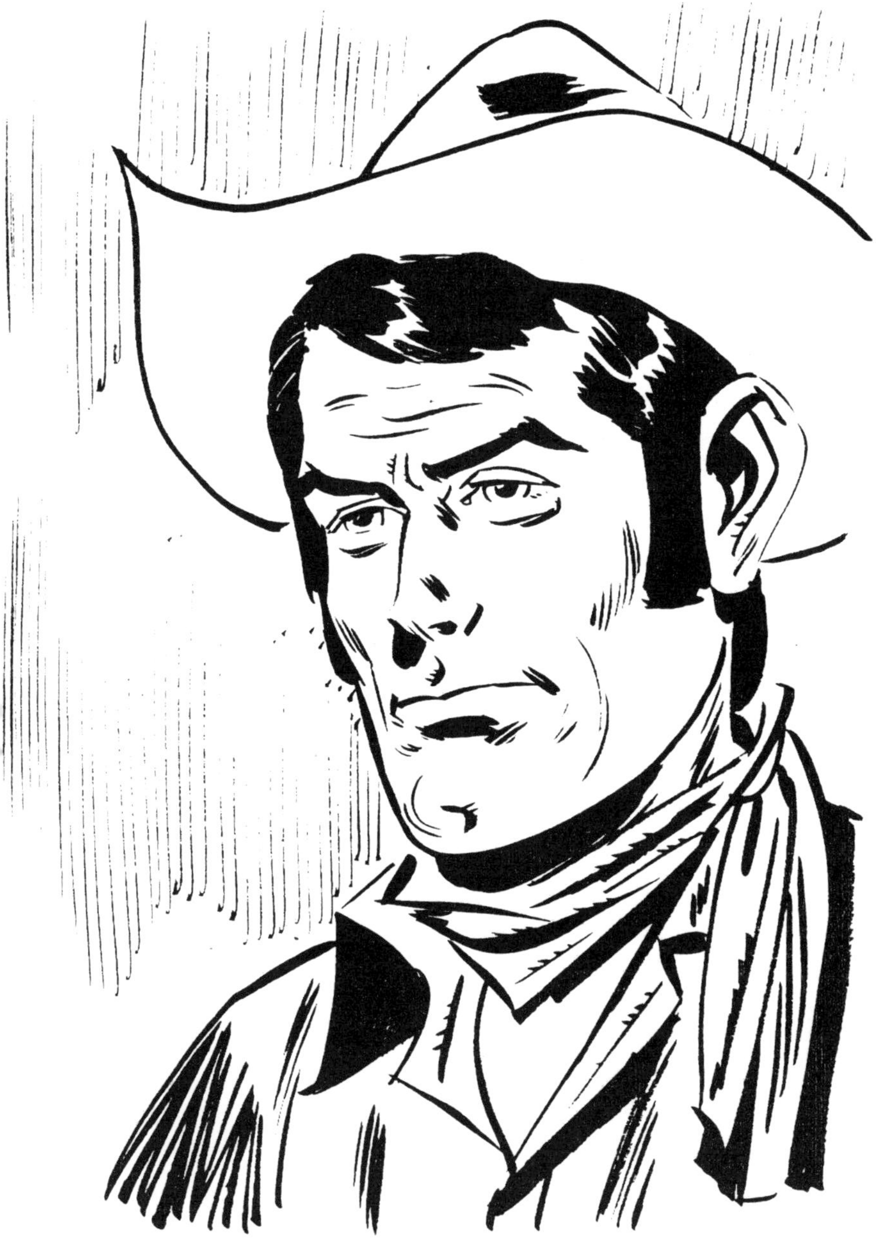

— E voltaram aqui? — perguntou Clara.

— Aqueles mesmos, não; mas de cada geração seguinte vinham alguns, para trazer valiosos presentes e ver se a lei continuava em vigor. Assim transcorreram milhares de anos. O céu habitava na terra e o paraíso estava aberto. Não havia diferenças entre anjos e homens, porque cada homem era o anjo protetor do outro. E então, faltou uma embaixada, e outra, e outra; e fizeram-se averiguações e soube-se que a ponte de terra entre a Ásia e a América havia se partido, ficando dela nada mais do que umas pequenas ilhas, rodeadas por um mar alvoroçado.

— Se não estou enganado, estas ilhas ainda existem e se chamam Aleutianas — disse.

— Passaram-se assim muitas gerações, e como as embaixadas não chegavam, as relações ficaram danificadas — disse Pequena Águia. — Nossos antepassados não se moveram e continuaram esperando, não fazendo nada, e esse foi seu pior pecado, cujas conseqüências temos que suportar até hoje. Não suspeitavam que o grande Manitu os estava colocando em prova, já que a suspensão das embaixadas foi obra sua, para sacudir nossa apática raça e estimular-nos a maior atividade.

Ao escutar isso, como louco, Sebulon exclamou:

— Os antepassados... Os antepassados! Ah, os pais e sua herança!

— A lei de Yinnistán deixou de ter aquela necessária renovação — seguiu o jovem índio, — perdendo assim sua força primitiva que lhe trazia cada nova geração. Debilitou-se e seus benefícios efetivos perderam-se. Os anjos voltaram a ser homens e o ódio voltou, com a inveja, o orgulho, a ambição. Aquele grande império começou a cambalear ao mesmo tempo que a lei, e aquela grande raça foi caindo lentamente, através dos séculos. Os reis e chefes converteram-se em déspotas, os patriarcas em tiranos. Assim chegaram os opressores, os dominadores, gerando mais ódio, mais crueldade e mais guerras.

— Não deve ser assim, se por fim os detiverem em sua queda — disse, com ardor.

— Para isso vamos nos reunir na montanha Winnetou — replicou o jovem índio, prontamente. — Grandes pensadores de nossa raça tomarão a palavra, tais como Tatellah-Satah, Athabaska e Algongka. Nós nos oporemos aos superficiais, que se conformam em levantar um suntuoso monumento, em vez de esperar um renascimento que seja a alma que sustenha a raça índia! A alma de nossa raça despertou novamente, começa outra vez a pensar. Quer sentir seus componentes como um todo, como um composto perfeito. Todos os homens inteligentes de nossa raça inclinam-se para este bendito movimento de unidade, gerador de força; mas olhe o que fazem os sioux, os utahs, os kiowas, os comanches e outras tribos. Pegam as armas, não contra os brancos, mas contra eles mesmos, contra sua própria alma. Estão dispostos a esmagar, a destruir para sempre esta alma que novamente começa a despertar. Por que? Por que?

— Muitos, com o ódio, com a desunião e com a guerra se mantém em seus postos privilegiados — disse. — Aí está a razão pela qual desejam manter a raça índia em desunião..

— Suas palavras são certas — disse Pequena Águia. — Fico feliz em saber que o grande Mão-de-Ferro compartilha minha opinião, e desejo que o sábio Tatellah-

Satah conheça seu pensamento. Permite-me que eu comunique sua opinião por meio de um mensageiro?

— Claro que sim, mas... quem será este mensageiro?

— Vou chamá-lo.

Afastou-se de nós e então gritou, para a surpresa de todos que ali estavam:

— Win-ne-tou!

E na noite, escutou-se repetir lá longe:

— Win-ne-touuuuu...!

Encontro com o Comitê

Capítulo Primeiro

Na claridade das estrelas, vimos pouco depois aparecer um homem que trazia o mesmo traje de couro que Winnetou usava em outros tempos. Seu cabelo, reunido num rabo no alto da cabeça, descia sobre seus ombros. Não trazia armas, e deteve-se ao chegar perto de nós.

— É o guardião de Nugget-Tsil? — perguntou-lhe Pequena Águia.

— Sim — respondeu o recém-chegado.

— Envie um mensageiro a Tatellah-Satah e diga-lhe que Pequena Águia retornou, depois de cumprir sua missão. Diga-lhe também que Mão-de-Ferro veio, e que encontrou a herança de Winnetou. Finalmente, diga-lhe que para a discussão sobre o monumento, pode confiar em Mão-de-Ferro como se fosse nele mesmo.

Tudo aquilo foi dito em apache, e ao terminar, Pequena Águia fez um movimento com a mão, e o winnetou afastou-se sem dizer uma só palavra.

Depois disto, nos retiramos para descansar. Na manhã seguinte, quis examinar cuidadosamente os manuscritos desenterrados, mas não pude fazer isso porque, quando estávamos tomando o café-da-manhã, o índio do clã winnetou regressou, dirigindo-se a Pequena Águia em apache:

— Vem gente a cavalo: vinte homens e quatro vezes dez mulheres.

— Observe-os sem que te vejam — disse Pequena Águia. — São as mulheres sioux, que vão à montanha Winnetou; mas os homens que as estão acompanhando, não sei quem podem ser. Nós vamos agora ao Deklil-To, e não creio que precisemos já de seus serviços.

Passou-se mais de uma hora, antes que tivéssemos sinais de sua chegada; aquela gente movia-se com grande lentidão. Por fim, escutamos o rumor de suas vozes. Vinham andando, por terem deixado seus cavalos ao pé da montanha, e certamente nos veriam antes de sairmos do bosque. Então, um homem adiantou-se, com passo incerto, aproximando-se de nosso grupo. Reparei que ele não estava vestido à maneira índia, e sim usava um traje ianque, com um colarinho alto e punhos tão reluzentes que pareciam ter acabado de serem passados. Em seu peito via-se uma grande estrela de pérolas legítimas, e levava as mãos carregadas de anéis de brilhantes e outras pedras preciosas. Tinha mãos e pés muito grandes, e quanto ao seu nariz... que nariz, meu Deus! Evidentemente, aquele sujeito só podia ser filho de uma índia de nariz enorme e de um armênio de nariz ainda maior. Era tão delgado que dificilmente podia conter a divisória nasal. Junto a ele, dois pequenos olhos penetrantes, sem pestanas, pareciam ainda mais pequenos do que eram realmente. Tinha rosto estreito e cabeça de ave; mas de uma ave mais parecida com o tucano do que com uma águia.

Quando estava perto de nós, deteve-se, e sem nos saudar, olhou-nos sucessivamente, como se fôssemos objetos sem importância ou pessoas a quem se podia fazer aquilo impunemente, para dizer por fim:

— Quem são vocês? Preciso saber!

Nem Clara nem eu quisemos responder, assim como Pequena Águia. Os irmãos Enters tinham motivos para não quererem chamar atenção sobre eles, e foi Max quem disse:

— Por que precisa saber quem somos nós?

— Por que preciso!

— E não pode dizer o porque?

— Não tenho que dar-lhe explicação, e se continuar com sua impertinência, eu asseguro-lhe que tenho meios para...

— Alto aí! — cortou meu amigo, levantando a mão.

— Não gosto de ameaças. E recordo-lhe que, segundo as leis do Oeste, como este é nosso acampamento, se nos importunar mais, agarro-lhe pelo pescoço e...

Antes que pudesse pensar que aquelas palavras eram só ameaças, Max pegou-o pelo braço, fazendo com que o velho soltasse um grito de dor, ordenando-lhe:

— E agora, diga quem é, chacal!

Com voz desmaiada, o estranho personagem disse:

— Meu nome é Okih-chin-cha; entre os caras-pálidas me chamo Antônio Paper.

Max decidiu soltá-lo, aceitando a explicação:

— Assim está melhor; mas você não é um índio de raça pura, é?

— Não...

— Então é mestiço. De que tribo?

— Dos sioux. Minha mãe era índia e meu pai armênio. Há muitos anos ele estabeleceu-se aqui e eu... Eu sou banqueiro.

— Pois agora lhe direi que eu sou um velho caçador de maus modos, como já pode comprovar, tão conhecido que em vez de chamar-me Max Papperman, chamam-me de Maksch, o *Azul*. E agora diga-me o por que de seus companheiros estarem escondidos!

— Ficaram ali prudentemente com as mulheres sioux que vão para a montanha Winnetou. Eles são... são senhores do comitê com alguns de seus servidores.

— O comitê que vai tratar sobre o monumento de Winnetou? — quis saber Max.

Mas aquele extravagante homem decidiu adotar uma

atitude olímpica e orgulhosa, que tentava ser digna, replicando:

— Não estou capacitado para dar-lhe notícias sobre este comitê.

— Está bem. Volte até estes homens e diga-lhes, sobretudo às mulheres, que aqui está Max Papperman. Estou certo que há uma entre elas que irá se alegrar com esta notícia.

Sem mais palavras, Antônio Paper voltou para o bosque e desapareceu entre as árvores. Seu nome índio, Okih-chin-cha, significava no idioma sioux "a menina", o que dava a entender que ele nunca havia se distinguido muito por seus feitos viris. Calculei que era o caixeiro do "comitê do monumento a Winnetou", recordando que havia realmente um cargo assim nomeado nas cartas que recebi na Alemanha.

Dentro em pouco, duas mulheres aproximaram-se de nós com passos ligeiros. Uma delas era a jovem Achta, a quem havíamos visto nas margens do lago Kanubi, e a outra devia ser sua mãe. As demais mulheres as seguiam a certa distância, e fechavam a marcha os homens, com passos ainda mais lentos e solenes.

Max deve ter sentido profunda emoção ao ver a mãe da formosa Achta, já que murmurou:

— Estou tonto.

E ele apoiou-se no tronco de uma árvore, mas seus bons olhos, leais e honrados, bem abertos, miravam com clara expressão de felicidade as duas mulheres que se aproximavam. Logo confirmei que eram realmente mãe e filha, não só porque eram extremamente parecidas de feições, mas também no modo de falar. Além disso, levavam o mesmo vestido, que era igual também ao das outras trinta e oito mulheres, ostentando todas elas a estrela de Winnetou.

As duas chamavam-se Achta e aproximavam-se de

mãos dadas. A mãe tinha cerca de cinqüenta anos, mas continuava sendo uma linda mulher, dessa beleza especial que vem não só do corpo, mas também da alma.

— Olhe! — disse a filha, apontando Max, muito feliz.

— E aquele é Pequena Águia, de quem também lhe falei.

Mas a mãe não olhou para mais ninguém além de Max. Soltou a mão da filha, permaneceu imóvel um momento e então disse:

— Sim... Esse é o bom e nobre amigo que eu conheci.

Aproximou-se do emocionado Max e tomou-lhe as mãos, perguntando:

— Por que não ficou conosco? Por que fugiu? É muito cruel negar-se à gratidão dos corações sinceros.

E então, ela beijou-lhe a face. Aquilo era mais do que aquele pobre homem podia resistir, e apesar de sua vivência, Max começou a soluçar, embrenhando-se rapidamente pelo bosque.

— Aqui se distribui beijos? — perguntou uma voz insolente.

Era a voz do delgado e desagradável homem que estava atrás do grupo de mulheres. Todos o olharam, e então a jovem Achta disse, furiosa:

— Essa insolência irá lhe custar caro.

Quando a mão da jovem levantou-se para castigar o homem mestiço, a voz de sua mãe soou:

— Achta! Não o toque, ele é um homem sujo!

As duas voltaram a dar-se as mãos e a mãe acrescentou:

— Vamos em busca de meu nobre amigo. Este que nos insulta não merece mais do que o nosso desprezo.

Eu temia que depois daquilo, entre os recém-chegados e o nosso grupo, as relações não fossem muito cordiais. Equivoquei-me, no entanto, porque o senhor Paper, ou melhor dizendo, o mestiço Okih-chin-cha, deu mostras de ser bem sonso, fazendo de conta que o que tinha acabado de escutar não o tinha afetado. Mas continuou a dar provas de sua insolência, plantando-se diante de nós e perguntando, apontando para Clara:

— Quem é você, mulher?

Clara nada respondeu, e a ossuda mão daquele homem repulsivo levantou-se, para pegar a mão de Clara. Foi então que lhe dei um tal bofetão, que ele caiu ao chão.

O mestiço começou a levantar-se, com uma grande navalha numa mão e o revólver na outra. E então, arremeteu contra mim. Aquilo teria tido conseqüências fatais, se um de seus companheiros não tivesse se interposto entre nós, dizendo:

— Guarde estas armas, senhor Paper, e aprenda que com pessoas dignas, fala-se de outra maneira! — e com um sorriso amável, o homem virou-se para mim: — Vamos nos apresentar, senhor. Eu sou agente, agente de tudo o que sai, e me chamo Evening. Este senhor é o senhor Bell, professor de Filosofia. Este outro é o senhor Edward Summer, professor de Filologia Clássica. Está satisfeito agora?

Notei que ele esperava ter me impressionado extraordinariamente, e confesso que aqueles professores, até então, tinham o meu respeito. Isto me fez ser cortês com eles, já que aqueles homens formavam, junto com Mão-Certeira, o comitê em cujas mãos estava o destino do monumento a Winnetou. Inclinei-me amavelmente, respondendo:

— Chamo-me Burton, e tenho prazer em saudá-los. Se puder servi-los em algo...

No mesmo instante o homem interrompeu-me, dizendo:

— Sim, pode nos ajudar, senhor Burton. Viemos até aqui para tratarmos de um assunto muito importante, e não pensei em encontrar ninguém neste local. A presença dos senhores nos atrapalha e...

Meu olhar fulminante o fez interromper-se, mas ele pouco depois prosseguiu:

— O senhor me compreendeu, senhor Burton?
— Perfeitamente. O senhor deseja que nós abandonemos o local.
— Exatamente.
— Todos nós?
— Sim.
— De acordo. Iremos assim que desmontarmos nossa tenda e encilharmos nossos cavalos.
— Iremos lhes conceder este tempo com prazer, senhor.

Dirigi-me à tenda com minha esposa, e roguei aos irmãos Enters que nos ajudassem. Clara estava furiosa e protestou:

— Isto é uma vergonha! Ter que abandonar deste modo este lugar, que é sagrado para nós! Como você consente nisso?

— Tranqüilize-se, meu amor. Voltaremos logo, de outra maneira, e com outras companhias. Você verá. Aqui travamos a primeira batalha pelo nosso ideal. Peço-lhe que não proteste e deixe isso para lá.

Lógico que nos afastamos dali com a intenção de voltar, mas o que aconteceu depois foi tão repleto de incidentes e feitos dignos de serem relatados, que terei que continuar em outro volume, onde finalizarei de maneira surpreendente, o término da longa viagem que havia começado para mim e para Clara na Alemanha, em pleno coração da Europa, a milhares de quilômetros daquelas inigualáveis terras do bravo e legendário Oeste...

Este livro OS FILHOS DO ASSASSINO de Karl May é o volume número 9 da "Coleção Karl May" tradução de Carolina Andrade. Impresso na Editora Gráfica Líthera Maciel Ltda, à Rua Simão Antônio, 1.070 - Contagem, para Villa Rica Editoras Reunidas Ltda, à Rua São Geraldo, 53 - Belo Horizonte. No catálogo geral leva o número 2102/2B.